春夢楼に咲く華は

Mari Mariya
毬谷まり

CHARADE BUNKO

Illustration

御園えりい

CONTENTS

明治四十年三月下旬、夕暮れ前のこと。

脇《わき》で柳の枝が揺れる大きな門柱の前で、少年は気後れしたように足を止めた。

これが噂《うわさ》に聞く吉原《よしわら》の大門かと思って見上げると、それは少年の想像していたものとは大きく違っていた。いかめしい扉などはなく、ただ堅牢《けんろう》そうな鉄製の門が建っているばかりである。

アーチ型のその門の上には、なにやら弁天様か乙姫様のようなえらく優美な姿の像が載っている。もっとご大層な門扉が自分を阻むのではないかと思っていた心配は消え失《う》せたが、それでも少年の足がなかなか動かなかったのは、門の向こうに見える景色《けしき》にたじろいだからである。

門の向こうはまっすぐに伸びた大通りになっている。その大通りの両側には、色とりどりの提灯《ちょうちん》が無数に吊《つ》り下げられた大きな建物がずらりと建ち並んでいる。その風景だけでも少年には驚きに値するものであったが、それ以上に目を引いたのは、大通りの真ん中の竹囲いの中で、薄桃色の花を今が盛りと咲かせている桜並木である。いったい何本植わっているのか、その桜並木は大通りの奥へ向かってずっと続いている。

まだ春浅いこの時期に咲くのは彼岸桜の類《たぐい》だろうかと思いつくだけの知識は、やっと十三になったばかりの少年にもあったが、それにしても華やかで見事な景観であった。

そういえば、奉公先で年配の男たちが話しているのを聞いたことがある。吉原では季節ごとに通りが模様替えされるという。春は桜が植えられ、しかもその桜の木はいつも花を咲かせているようにと、日がたつと種類を変えて植え替えられるのだという。

なんという豪勢さだろう。奉公先の使いでなかったら、自分など一生この『吉原』という場所へ足を踏み入れることはなかっただろう。

そう思いながら、なおも門の手前で立ち尽くす少年に、

「おい、小僧、そんなとこで突っ立ってたら客の出入りの邪魔になっちまうだろ。入るならさっさと入れ、用がないんなら早く帰んな」

不意に男の声がかかった。驚いた少年が声の主を捜すと、門の外側に止めてある人力車の脇で煙管《キセル》をくわえている中年の男と目が合った。車夫の装束を身につけている男は、くいっと顎《あご》を桜並木の続く通りのほうへ振ると、もう一度少年に目線を戻した。

「ここになんぞ用でもあるのか？」

「あ……おいら、おかみさんの使いで、飾り師の茂松《しげまつ》さんって人のとこに行かなきゃなんないんだ。でもこんなとこへ来るのは初めてで……」

しどろもどろになりながら答える少年に、車夫は、

「ああ、茂さんとこか。それなら揚屋町《あげやまち》の奥にあるぜ」

あっさりとそう教えてくれた。

「揚屋町…？」

「ああ。ほれ、この真ん中の大通りが仲《なか》の町《ちょう》通りってんだ。揚屋町ってのは仲の町通りをまっすぐ歩いて二つ目の角を右に曲がるんだ。曲がったとこの通りを揚屋町っていうんだが、茂さんちは、その揚屋町の奥のほうにある。丸ん中に茂って字の入った看板が表にかかってるから、行ってみりゃわかるだろうさ」

初めてきた場所に戸惑っていた少年はホッとして車夫に礼を言うと、目的の家に向かって駆けだした。

茂松の家はすぐにわかったが、しかし用事はすぐにはすまなかった。少年の使いの目的は、奉公先の娘が踊りの発表会で髪に挿すかんざしを受け取ることであった。わざわざおかみさんが娘の晴舞台用にと、腕がいいと評判の吉原の飾り師、茂松に注文してあったのだ。

そのかんざしの仕上がりの日ということで少年が取りにこさされたのだが、いざ茂松を訪ねてみると、そのかんざしはまだ仕上げの最中で、出来上がるまでかなり待たされることになってしまった。

茂松の家の土間の隅で二時間近く待つ。そしてようやく仕上がったかんざしを受け取った少年は、茂松の家から一歩踏み出すなり、夕闇《ゆうやみ》の降り始めた吉原の光景に息を呑《の》んだ。

それは先ほど自分が訪れた時とはまたまったく違う顔を見せていた。

ずらりと建ち並んだ二階建て、三階建ての大きな建物の窓々からは眩《まばゆ》い電灯の光があふれ、それぞれの軒先に並ぶ色とりどりの提灯や洋燈《ランプ》には灯《ひ》が入り、ここは極楽か竜宮城かと思うほどのきらびやかさである。

その幻想的な光の洪水におびき寄せられる夜虫のように、通りには、多くの人が行き交っている。そのほとんどは小ぎれいな格好をした男たちで、まだ年端もいかない少年にしても、それが遊び里に女を買いにきた客たちだとすぐに知れた。

子供の自分がいてはいけないところのように思え、少年は足早に揚屋町の通りを抜け、仲の町通りへと向かう。思いもかけず帰りが遅くなってしまったことも気にかかり、少年は早くこの異界から脱出しようと焦ったが、しかし仲の町通りへ出たところで、少年の足は予想外の人の壁にぶつかって止まった。

仲の町通りの人の波は往来する人ではなく、まるで何かを見物するように、道の端に人垣を作っている。帰りを急いでいるはずの少年だったが、そこはまだ子供。好奇心がむくむくと頭をもたげ、とうとう我慢できず、いったい人垣の向こうになにがあるのかと、隙間《すきま》を見つけて頭を突っ込んでみた。

まず少年の目に飛び込んできたのは、仲の町通りの真ん中にある桜並木だった。並木沿いに立っているガス燈と、電灯が入った雪洞《ぼんぼり》の光が桜の花を照らし上げている。薄桃色の花びらがまるで夜空に浮き上がるように見え、その美しさに思わず少年は見とれてしまった。

夢見心地《ごこち》で桜の花に見とれる少年の耳に、不意にどよめきが聞こえ、少年は我に返った。人垣の目は、皆一方向に向いている。大門のある方向とは逆のほうだ。

そちらからひとかたまりの人の群れが歩いてきた。

「花魁《おいらん》道中だ」

誰《だれ》かが言った。少年は初めて見る花魁道中というものを目の当たりにして、思わず後ずさった。

先頭を歩いてくるのは、定紋と「三松《みまつ》屋」「白雪《しらゆき》」という墨字の入った箱提灯を持った若い衆たちだ。そのあとに、前で帯を太鼓に結んだ振り袖《そで》姿の若い娘が二人並んで続く。その後ろには幼い少女を両脇に従えたひときわ美しい女が、三枚歯の高い下駄を外へ蹴《け》り出すように回し、一歩踏み出しては半歩引く独特の歩き方でゆっくりと歩いてくる。女が足を踏み出すたび、股《また》が割れ、緋縮緬《ひちりめん》の腰巻きの合間から白く塗られた内腿《うちもも》が見えた。

少年はこれが花魁かと思った。写真や絵でしか見たことがなかったが、大きく結った髷《まげ》に、べっ甲の櫛《くし》やかんざしが何本も挿してあるのは、まさにその絵で見た花魁そのものだった。

胸の下で結んだ金襴緞子《きんらんどんす》の帯はだらりと垂れ下がり、着物の上に着ている裲襠《うちかけ》は黒の繻子《しゅす》地に銀糸で雪吹雪《ゆきふぶき》のような絵柄が刺繍《ぬいとり》してあった。

花魁の後ろには、九尺もあろうかと思われる長い柄の傘を持った若い衆が続く。そのあとには、また女たちが何人も続いてくる。

少年は思わず見入ってしまった。一行が前を通り過ぎてからも、ずっと目であとを追い続ける。

そうして立ち尽くしている少年の耳に、またどよめきが聞こえた。振り向くと、再び花魁道中が来るのが見えた。

「春夢楼《はるゆめろう》の華王《かおう》だ」

「あれが男花魁の華王だってよ」

人々が口々に囁《ささや》き合う。どよめきはさっきよりも大きかった。人垣がさらに増え、少年は人の波にのまれないように足を踏ん張った。

さっきと同じように、先頭の若い衆たちが持つ提灯には、定紋と「春夢楼」「華王」という字が見えた。続くのは、やはり振り袖姿の美しい娘たちである。しかし今度の娘たちは、さっきの娘たちよりも背が高く、髪も完全な髷には結っていなかった。結い上げられてかんざしが挿されていたが、後ろはまっすぐな髪が一房にして垂らされている。

そのあとをゆっくりと歩いてくるのは花魁だ。少年は伸び上がるようにしてその姿を見た。

さっき見た花魁よりも、頭ひとつ抜きん出るように背が高い。この花魁もさっきの花魁のような髷を結ってはいなかった。髪をゆるりと上に持ち上げるようにして結い上げて、見事なかんざしを何本も挿してはいるが、長い髪はそのまま背中に垂れていた。

顔は薄化粧にもかかわらず、さっきの花魁よりも美しく見えた。形のいい眉《まゆ》の下で、凜《りん》と

張った涼やかな目がまっすぐ行く手を見つめている。鼻筋は細く通り、唇は軽く紅をさしているだけなのに、白い肌に浮き上がるような艶《つや》やかさだ。

衣装にも目を見張った。花嫁の白無垢《しろむく》のような純白の地の裲襠は、裾《すそ》から上に向かって文字どおり百《ひゃっ》花《か》繚乱《りょうらん》のごとく目のくらむほど鮮やかな色で季節の花々が刺繍されている。

裲襠の白い襟と、下に着ている真っ赤な着物との色の対比が、花魁の色白のきれいな肌を際立たせていた。だらりと垂れ下がった黒地の前帯には、数匹の青い大きな蝶《ちょう》が描かれている。それらはまるで咲き乱れる裲襠の花に誘われて飛んできたように見えた。

花魁は、背筋を伸ばし、すらりとした美しい姿で歩いてくる。その姿はあまりに凛々《りり》しく、花魁というよりも、まるで絵双紙に出てくる平安時代の貴公子のようにも見える。少年は思わずため息を漏らした。

花魁が目の前までやってきた。足元は朱塗りの三枚歯の高下駄で、花魁はその高下駄を履いた足を、さっきの花魁のように外へは蹴り回さず、逆にまるで内腿をすり合わすように、内側から踏み出していく。その姿は優美で、まるで静かな舞を見ているような感じがした。

「あれが内八文字だ」

頭の上から声がして、びっくりして振り返ると、少年の後ろにさっき道を教えてくれた車夫が立っていた。車夫は少年と目が合うと、ニッと笑った。

「吉原の花魁はたいがいさっきの白雪みたいに外八文字を踏む。しかし春夢楼の華王だけは内八文字を踏むんだ。今、吉原で内八文字を踏むのは華王一人なんだぜ。やっぱりいいねえ、こっちのほうが品があらあ。小僧、運がよかったな。最近は花魁道中なんてめったに見られるもんじゃねえ。しかも男花魁、華王の道中だ。おいらだって実際に見るのは初めてさ」

「男花魁…？」

少年は目を瞬《しばたた》かせた。

「おうよ、なんだ知らねえのか？　吉原にはたった一軒だけ男遊郭ってのがあるんだ。遊女じゃなく、娼妓《しょうぎ》は全部男ばっかしなんだぜ。春夢楼っていう、あの華王がいる遊郭さ」

少年は改めて、今、自分の目の前を通ってゆく花魁を見た。

自分と変わらない年格好の、赤い振り袖を着たおかっぱ頭の子供二人を脇に従え、大きな傘をさしかけられた華王が、ゆっくりと前を通りすぎてゆく。

そばで見れば、なおさら息を呑むほどの凜々しさと、匂《にお》い立つような美しさだった。少年はこの世にこんなきれいな男がいるものかと驚いた。

桜の下で、それこそまるで春の夢を見ているように、少年はただただ男花魁、華王の道中に見とれるばかりだった。

「しかし愉快じゃったな」

よほど上機嫌なのか、倉田《くらた》は出っ張った腹を揺らして笑うと、酒の回った赤い顔を嬉《うれ》しそうに崩した。とても還暦を過ぎたとは思えないような血色のよさで、さらに機嫌のよい今夜の倉田はいつもより若々しく見える。

娼妓は男ばかりという、吉原でも異端の遊郭『春夢楼』の、ここは一番の売れっ妓《こ》であるお職の男花魁『華王』の本部屋である。

茶屋でさんざん飲んで騒いだはずなのに、妓楼に引き上げてきてからも、倉田は茶屋での興奮を引きずるように饒舌《じょうぜつ》で、いっこうに寝間である隣の部屋へ行こうとしなかった。

引けが過ぎ、華王づきの新造や禿《かむろ》が引き上げたあとも、倉田はこうやって華王の座敷でちびちびと酒を飲み続けている。

「おまえを見たときの、あの酒井《さかい》の顔を見たか？　ふん、男花魁などはきわものだと決めつけて、はなから馬鹿にしておった。わしのことも、女に飽きて男遊郭に出入りするようになった変わり者などと陰であれこれ言っておったみたいじゃが、その馬鹿にしていた男花魁を実際に目の当たりにして、どうじゃ？　あの酒井のぼんくらめ、目を点にしておったわ」

そう言うとまた嬉しそうにワハハと笑う倉田の盃《さかずき》に、華王は酒をつぎ足して、うっすらと微笑《ほほえ》んだ。この調子では、まだなかなか床入りしてくれそうにないなと心の内で苦笑する。

今日は上客の倉田の余興につき合ったせいで、華王は心身共に疲れていた。本音を言えば、さっさと床入りをして、仕事をすませて休みたかったが、今夜の倉田は朝まで華王を寝かせてくれそうにない。

「今日の道中比べも、おまえの評判のほうがはるかによかった。酒井のやつめ、自分の贔《ひ》屓《いき》の花魁と、わしが贔屓にしている男花魁のおまえとを競わしてみようなんぞと言いだして、わしに恥をかかせるつもりだったんだろうが、結果はどうじゃ？　誰が見てもおまえの圧勝じゃ。わしゃ溜飲《りゅういん》が下がったわい」

そう言うと、倉田はまた声をたてて笑った。

今夜の倉田の余興とは、春夢楼の男花魁、華王と、今吉原一と謳《うた》われている三松屋の花魁、白雪とを、遊び仲間の集まる席で競わせることであった。まず二人続いての花魁道中から始まり、引手茶屋での宴会で、和歌、楽器、碁という吉原の花魁なら当然の嗜《たしな》み事であるそれらの腕を競わさせられたのである。

元はといえば今夜の一件は、倉田の遊び仲間である酒井という男が、男遊郭に出入りし、男花魁である華王にぞっこん入れ込んでいる倉田を嘲《あざわら》笑って挑発したことに端を発したらしい。酒井に馬鹿にされたことに激怒した倉田は、それなら酒井の鼻をあかしてやるといわんばかりに、今夜の宴《うたげ》を段取りしたのである。

いくら上客の頼みといえど、普通なら妓楼も違う花魁同士が勝ち負けのある勝負事を行うなど、それぞれの妓楼も花魁も承諾するわけがない。しかしそれが実現したのは、吉原に存在する男遊郭の名をもっと世に知らしめたいという春夢楼の楼主の腹づもりと、男花魁などをのさばらせたくない既存の遊郭側と白雪の意地があったためである。

華王自身は、いくら花代を積まれてもそんなことに頭を突っ込みたくはなかったが、一番の上客である倉田の顔をつぶすわけにもいかず、仕方なしに参加した宴であった。だから倉田が上機嫌であればあるほど、なにやら後ろめたい気もした。

「そやけど、三松屋の白雪花魁には悪いことをしてしまいんした」

形よく整えられた眉を申し訳なさそうにひそめる華王に、倉田は「なにを言う」と大仰に手を横に振った。

「あの白雪も、この妓楼《みせ》のことを『遊郭などとは片腹痛い、たかが陰間茶屋ではないか』とか、『吉原に陰間なんぞいらん』『男花魁など客寄せの道化にすぎぬ』などと、好き勝手なことを言っておったんじゃ。自分が吉原一の花魁などとうぬぼれておったが、今夜のことはいい薬になったことじゃろう。なんせ、和歌を詠ませても、楽器を扱わせても、おまえのほうが数段うまかったんじゃからな」

「しかし碁の勝負には……」

華王が言い終わらないうちに、倉田が笑いながら口を挟んだ。

「最後の碁の勝負に負けたのは、おまえが白雪の顔を立てるためだったことぐらい、わしゃ気づいておったわ。おまえの碁の腕はわしが一番よう知っとるからな」

「旦那《だんな》……それは買いかぶりというものでござりいす…」

困ったような顔で目を伏せる華王を見つめながら、倉田は片手を華王の膝《ひざ》に伸ばし、着物の合わせ目に指を差し入れてきた。

華王は倉田の手が奥まで入りやすいように、そっと膝を崩して、片膝を軽く立てて座り直した。それを待っていたように、倉田のぶ厚い手が着物を割り、華王の腿を撫《な》で上げる。

倉田のするままにさせながら、華王は倉田の盃に酒をつぎ足す。つがれた酒を口元に運びながら、倉田の手はさらに奥へと這《は》っていく。

「あ……」

倉田の手が華王の花の茎を探り当て、やんわりと揉《も》みしだいた。しおれていた花の茎は、倉田の慣れた手技で育てられ、すぐに花の頭をもたげ始めた。

「しかし何度思い出しても気分がよい。今日はおまえに惚《ほ》れ直したぞ、華王。さすがわしが見込んだ者だけのことはある。白雪の琴も決して悪くはなかったが、おまえの笛は絶品じゃった。座敷中の人間が聞き惚れておったわ。それに和歌も見事じゃった。文人気取りの酒井も唸《うな》っておったわい。だがいったいどこで覚えたんじゃ？　廓《くるわ》で仕込まれただけではあるまい。笛といい、和歌といい、その才はどこで磨いたものなんじゃ？　もしかしたらおまえの出自は京の公家《くげ》だという噂は本当…」

「旦那」

不意に華王は倉田の言葉を遮った。

「……旦那らしうもない。野暮なことは言いなんすな」

華王はそう囁くと、銚子《ちょうし》を台に置き、自分も手を倉田のあぐらをかいた膝の上へと進めた。酔いと欲情で赤く濁った倉田の目を見つめながら、はだけた着物の間に指を入れ、盛り上がった下帯の上を撫でさする。

「華王……」

倉田の目に宿った淫靡《いんび》な光が強まり始める。華王は下帯の脇から大きくふくらんだ倉田の一物を引きずり出すと、手の平で包むようにゆっくりとこすった。

倉田のずんぐりと太った体型とよく似た一物は、華王の手の中でますますふくれ上がった。若者のようには硬くならないが、倉田のそれは太くてずっしりと重量感がある。

華王は倉田のそれが嫌いではなかった。貫かれるとき、太くてもやわらかいぶん苦痛も少なく、まるで自分の身体《からだ》の隙間を埋めるように、みっちりと華王の花壺《はなつぼ》を満たしてくれる。そして自分の年を考えて自重しているのか、ゆっくりとしか動かない倉田にその太くてやわらかい物を出し入れされると、たまらなく気持ちよく感じてしまう。思わず気をやってしまいそうになるのだ。

「ああ…あかん……旦那……わちきはもう我慢ができんせん。さあ……早《はよ》う……」

演技半分、本気半分で華王は倉田の耳元に囁いた。熱い息を吹きかけられた倉田は、華王に手を引かれてふらつきながら立ち上がる。

そして二人はそのまま隣の部屋へ歩いていくと、寝台ほどの高さに積み重ねられた真紅の五ツ布団の上に、ゆっくりと身体を沈めた。

――目の前に真っ青な海が広がっている。白い波がはじけ、真夏の太陽に反射した水粒《みつぼ》がきらきらときらめいている。

突然大きな波が来た。小さな身体が浮き、あっという間に波にのまれる。もがいても海中から浮き上がることができず、苦しさに顔を歪《ゆが》める。息ができない。もうだめだと思った瞬間、不意に抱き上げられた。

海水と涙でにじんだ目を開けると、たくましい少年の焼けた胸が見えた。見上げると、やさしそうな目が自分を見下ろし、白い歯ののぞく唇が、「大丈夫か?」と動いた。

助かった安堵《あんど》と少年のたくましい腕に抱かれる心地よさに、思わずその少年の首に腕を回し抱きついてしまう。

少年はおかしそうに笑いながら、「もう大丈夫だから」と何度も繰り返し、小さな身体を強く抱き返してくれた。

真夏の海の景色と、言葉にできないような幸福感が自分を包む。

しかし次の瞬間、その幸せな光景は暗転した。

目の前に横たわる女。その周りに広がる真っ赤な血の海。女は息をしていない。

叫ぶ、叫ぶ、叫ぶ。

しかし女は息を吹き返さない。光のないうつろな目を開け、ただ赤い血だまりの中に横たわっているだけだ。

時間は戻らない。女の命も戻らない。

叫ぶ、叫ぶ、叫ぶ。のどが裂けるほど叫ぶ。

最後に放った絶叫は、女の名だったのか、それとも――


「……お……らん………花魁！　……華王兄さん！」

まるで深い泥の海の底から引き上げられたように、華王は跳ね起きるなり、大きく息を吸った。じっとりと脂汗がにじんでいる。ハァハァと荒い息が止まらない。

「どうしたんです？　そんなにうなされて。どこか具合でも悪いんですか？」

華王は自分がどこにいるのかわからず、しばらく呆然《ぼうぜん》としていた。やがて目覚めたのが自分の部屋だということがわかり、大きく息を吐きながら手の平で目を覆った。

「……兄さん？」

心配そうな声が、背中をさする手と共に降りてくる。華王づきの振袖新造、若月《わかつき》の声だ。

「水……」

やっとの思いで声を押し出すと、「おい、お玉《たま》、水を持ってこい」と、若月が弟分の振袖新造、玉菊《たまぎく》に命じる声が聞こえた。ほどなく華王の手に湯飲みが握らされた。まだ震えのおさまらない手で湯飲みを口に運ぶと、中の水を一気に飲み干す。そうして華王はやっと一息ついた。

「大丈夫ですか？　具合が悪いなら親方を呼んできますけど…」

「いや、大丈夫や。ちょっと悪い夢を見てしもうた」

心配そうにのぞき込む若月に、華王は無理に笑顔を作ってみせた。

悪い夢……本当に悪い夢だった。幸福と恍惚《こうこつ》の絶頂からいきなりあの恐ろしくて忌まわしい瞬間に引き落とされる。この悪夢を華王は今までに何度見てきただろう。

「花魁、昨夜《ゆうべ》は忙しかったから疲れたんじゃ？」

若月の後ろから顔を出した玉菊が、屈託のない顔で言葉をかける。

「ああ、そうかもしれへんな」

華王は苦笑した。

確かに昨夜は忙しかった。一晩に何人もの客の相手をしなければならず、結局一睡もできなかった。いや、そんな状態は昨夜だけではない。あの倉田の考えた花魁比べのあとからはずっとこんな調子である。

半月前のあの日、引手茶屋の座敷で華王と白雪との技比べを見ていた連中が流した噂が人伝えに広がり、どうやら今までは一部の遊び好きの人間にしか知られていなかった男遊郭『春夢楼』と男花魁『華王』の名が、一気に巷《ちまた》にも広まったらしい。珍しいもの見たさの客が引きもきらず、おかげで楼主の清蔵《せいぞう》は大喜びである。しかし当の華王は連日の忙しさで疲労困《こん》憊《ぱい》も甚だしい。

「腹が減ったな。蕎麦《そば》でも食いに行こうか」

客を見送ってから風呂《ふろ》に入り、そのままぐっすり寝入ってしまったせいで昼を食いそこねていた華王が声をかけると、

「やった！」

と、玉菊が嬉しそうな顔で手を叩《たた》いた。育ち盛りの新造や禿たちは、妓楼で出される質素で少ない食事では満足できない。そのため、こうやって華王は時々弟分たちを食べ物屋に連れ出してやる。

華王は長い髪を頭の後ろで一まとめにくくると、白地の紬《つむぎ》に着替え、博多《はかた》帯を貝の口に結んだ。玉菊がホオーッとした顔で見上げる。華王が「なんや？」と見下ろすと、

「花魁、まるで芝居に出てくる若様みたいだ」

そう言って瞳《ひとみ》をきらめかせた。華王は思わず笑ってしまった。

十五になる玉菊は、ついこの間新造出しをして禿から振袖新造になったばかりである。新造といってもまだまだ子供のような玉菊の言動は、いつも華王のすさんだ心を癒《い》やしてくれる。そんな玉菊を横からたしなめている若月は来月で十七になる。若月も華王を実の兄のように慕っているが、ちょっとのことで玉菊よりも大人で落ち着いている。

華王はそんな二人を従えて、一階へと続く大階段を降りていった。階段を降りきったところで、これも華王づきの禿の小桜《こざくら》が一階の廊下の奥から駆けてきた。

「玉ちゃん、どこへ行くの？」

小桜はついこの間まで同じ禿仲間だった玉菊に声をかけた。

「花魁が蕎麦を食いに連れてってくれるんだ」

玉菊の言葉に、小桜は途端に甘えるような顔になり、「花魁、わっちも行きたいよう」と、華王を見上げる。華王が微笑んでうなずくのと同時に、

「こら、小桜！　まだ踊りの稽古《けいこ》は終わってないよ！」

と叱《しか》る声がした。声の主は、遣手《やりて》の一之丞《いちのじょう》だ。小桜を追うようにして廊下の奥から出てきた一之丞は、

「まったく、ちょっと目を離すとこうやってさぼろうとするんだからね、この子は」

とぼやくように言いながら、小桜の着物の襟を引っつかんだ。

「いやだ、いやだ。わっちも花魁たちと蕎麦を食いに行きたいよう！」

小桜はまだ十二である。幼子のように駄々をこねる小桜の頭を、一之丞の手がピシャリとはたく。

「何を言ってるんだい。踊りもまともに覚えられないくせに、蕎麦を食いに行くなんざ十年早いよ！」

「一さん…」

取りなしてやろうとした華王を、一之丞は口出しするなとばかりに切れ長の目でじろりと睨《にら》む。四十を超えているとはいえ、元々顔の造作の整っている一之丞がそうやって睨めば、それなりに迫力があり、華王は思わず途中で口をつぐんだ。

「花魁、甘やかしはいけませんよ。厳しくしてやったほうが結局この子たちのためなんだ。それくらい花魁だってよくわかってなさいましょう」

一之丞は春夢楼にとって、ただの『遣手』というだけではない。元は歌舞伎《かぶき》役者の女形《おやま》だったという一之丞は、春夢楼の娼妓や娼妓の卵たちに踊りを教える師匠でもある。いや踊りのみならず三味線や琴、笛、太鼓といった音曲の指南までする。華王も和歌や笛こそ幼い頃から習い覚えて身についていたが、踊りやそのほかの芸事は、十六で春夢楼にきてからこの一之丞に仕込まれた。だからお職となった今でも、一之丞には正直頭《こ》が上がらない。

「稽古ならしゃあないな。小桜、しっかり習うとき。帰りに饅頭《まんじゅう》でも買うてきてやるから」

華王の言葉に小桜はしょげ返りながらも、「絶対だよ、花魁。絶対買ってきてね」と念を押すことを忘れない。ようやくきびすを返した小桜を連れて大部屋のほうに戻る一之丞の、女以上に女らしく揺れる細腰を見送って、華王たちは出入り口の土間へ降りた。まだ昼見世が始まらない時間なので、見世の内も外も人気《ひとけ》がなく閑散としている。

華王たちが暖簾《のれん》をくぐって外に出ると、外に立って春夢楼を見上げていた一人の少年が驚いたように飛び退《の》いた。

みすぼらしい身なりをした少年だった。年の頃は小桜とそう変わらないくらいだろう。年期のはいった継ぎ当てだらけの着物は身に合っていないのか、袖と裾からにょっきりと手足が突き出ている。

「なんだ、おまえ？　うちの見世になんか用なのか？」

玉菊が少年をじろじろ見ながら言う。少年は顔を真っ赤にしながらうつむいた。

「なんだこいつ？　変なやつ」

玉菊はそんな少年を見て、吐き捨てるように言うと、「行こう、花魁」と、少年を無視するように華王の手を引いた。華王と若月も少年に背を向け、歩きだそうとした、そのとき、

「…ま……待って……待ってください！」

必死で振り絞られた声が、華王の背中に届いた。

振り向くと、まるで恐ろしいことをこらえるような真剣な目つきで、少年が華王を見上げていた。

「なんや？」

華王が問うと、少年は顔を真っ赤に紅潮させながら、

「…おいらを——おいらをここで働かせてください！」

すがるようにそう言った。

「おい、おまえ」

玉菊が呆《あき》れた顔で声をあげ、少年の前に一歩進み出る。華王は玉菊を手で制した。

「ここは子供の来るとこやない。さっさとお帰り」

少年を突き放すように冷たく言い、再び背を向ける。

「さあ、行こう」

「待って！」

今度は少年は華王たちの行く手に回り込むと、地面に膝をついて、「お願いです！」と泣きそうな顔で額を地面にこすりつけた。

「こら、こんなところでそんな真似《まね》するもんじゃない。こっちが迷惑するじゃないか」

見かねたのか、若月が少年を立たせ、膝についた土をはらってやる。

「兄さん、話だけでも聞いてやったらどうです？」

はらい終わると若月は、少年の肩を抱いたまま華王を振り返った。若月に抱かれた少年が、必死な形相で華王を見つめている。

「勝手にしい」

華王はため息をひとつつくと、皆をおいて先に歩きだした。


「で？　どうして春夢楼になんか来たんだい？」

よほど腹が減っていたのか、少年は華王が注文してやったざる蕎麦をかき込むようにたいらげると、今やっと自分の用を思い出したように若月の問いに顔を上げた。少年の向かいに並んで座っている華王と若月の顔を交互に見比べ、しばらく逡巡《しゅんじゅん》するように目を泳がせたあと、

「おいら、花魁になりたいんだ」

少年は唐突にそう言った。

「花魁って、おまえ花魁がなにをする職業なのか知ってるのかよ？」

少年の隣に座っている玉菊が馬鹿にした口調で笑いながら言う。

「知ってるよ、それくらい！」

むきになって言い返す少年を見ながら、華王は、

「やめておき。自分から好きこのんでつくような仕事とは違う。さあ、食べ終わったら早うお帰り。そしてもう二度とこんなとこに来たらあかん」

聞き分けのない子を諭すようにそう言った。華王の言葉に、少年は歯をぎりりと噛《か》みしめ、押し殺したような声を吐き出した。

「金が――金が欲しいんだ」

華王が眉をひそめる。

「金？　金ならほかの仕事でも手に入れることはできるやろう。どこかへ丁稚《でっち》奉公にでも行ったらどうや」

さらに諭すように言った言葉に、少年がキッと顔を上げる。

「もう働いてる！」

少年は華王を睨みつけると、憤然として叫んだ。

「去年からずっと米屋で働いていたんだ！」

「ならそれでええやないか。そのままそこで働いたらええのやない…」

「兄さん」

不意に若月が華王の言葉を遮った。華王が若月を見ると、彼は気の毒そうな目で少年をちらりと流し見た。

「兄さんは知らないだろうけど、小僧の給金なんてあってないようなもんなんだよ。奉公に行っても寝るところと食い物の心配をしなくていいだけで、いくら働いても給金なんてもらえやしない。せいぜい盆正月の藪入《やぶい》りの時に小遣い銭をくれるくらいさ。な、そうだろ？」

若月は顔を少年に向け直すと、そう言って少年の顔をのぞき込んだ。少年は悔しげにうなずくと、泣きそうな顔になった。

「…母さんが……母さんが病気なんだ。妹が看《み》てるけど、ちっともよくならなくて……でも、うちは父さんがいないから医者にかかる金がないんだ。家賃も払えないから家も出てけって言われてるって…。このままだと妹を売らなきゃなんなくなる……」

「妹を売るくらいなら、自分を売ろうと思たんか？」

華王が訊《き》くと、少年は、

「この間、あんたの花魁道中を見た。すごくきれいで豪勢だった。男でも花魁になれるなら──そうやって稼ぐことができるんなら…って、そう思ったんだ」

これには華王も返す言葉がなかった。半月前の倉田の余興で行った自分の花魁道中が、一人の少年の運命を変えようとしている。そう思うと、なにか悪いことをしたような気分になる。

華王が黙り込んでしまったので、さすがのやんちゃな玉菊も茶々を入れる雰囲気でなくなったのか、座が静まり返った。そのとき、ガラリと戸を開ける音がして、

「おや、陰間茶屋さんの陰間がいるよ」

「ほんとだ。おおいやだ、気持ち悪い。陰間ごときにこの吉原で大きな顔してもらいたくないね」

わざと聞こえよがしにそう言ったのは三松屋の女郎たちだった。華王が花魁比べをして負かしたあの白雪の朋輩《ほうばい》たちだ。五、六人もいるだろうか。どうやら彼女たちもこの店に蕎麦を食いにきたらしい。

三松屋の女郎たちは、自分たちの姉分の白雪が華王に負けて恥をかかされたことがよほど癪《しゃく》に障っているのか、心底憎々しげに華王を睨んでいた。

「男が花魁の真似事をして身を売るなんて、世も末だね」

「姐《ねえ》さん、よそへ行こうよ。こんなやつらと一緒に食べたら、蕎麦がまずくなるよ」

ガタリと音がして、玉菊が立ち上がる気配がした。華王はすかさず卓の下で玉菊の足を蹴った。玉菊が「どうしてさ!?」というような顔で華王を見る。華王は黙って首を横に振って、目線で「座れ」と合図した。玉菊が不満顔のまま渋々座り直す。

女郎たちが出ていくのを見届けたあと、華王は少年に、「今のを見たやろ」と話しかけた。

「男花魁などともてはやされてても、しょせんわちきらは男のくせに男に身を売る陰間でしかあらへん。まっとうな世間の目は、今の女郎さんらと同じようなもんや。それでもまだ花魁になりたいと言うのんか？」

少年は華王の目を見据えると、覚悟を決めたように、

「母さんの病気を治すことができて、妹を売らなくてすむんなら、おいらはなんと言われてもいい」

きっぱりとそう言った。

「そうか……」

華王はあきらめとやるせなさの混じった息をひとつ吐くと、

「わかった。それならわちきが楼主に話をつけてやろう。ついてきなさい」

迷いを吹っ切ったように、そう言って立ち上がった。

春夢楼の一階帳場の奥にある内所《ないしょ》で、楼主の清蔵は寝間着に羽織をひっかけた格好で、前に立たせた少年を値踏みするようにじろじろと見入っている。

「着物を脱いでみろ」

ひとしきり見回したあと、おもむろに言った清蔵の言葉に、少年がびくっと身体を揺らす。一瞬困惑したような顔を見せたが、少年はキッと唇を結ぶと、思いきりよく帯を解いて着物を脱ぎ捨てた。

痩《や》せてはいたが、色の白い、きれいな肌をしていた。清蔵は少年を一回りさせてから手の平で少年の肌を確かめるように撫で回し、一人納得した顔で何度もうなずいている。

（どうやら気に入ったようだな）と、華王はホッとしたような、それでいて取り返しのつかないことをしてしまったような、複雑な気分になった。

少年は目鼻立ちの整ったきれいな面差しをしている。そのことに、華王は最初会ったときから気づいていた。ちゃんと磨き上げて仕込めば、多分春夢楼でも上位の娼妓になれるだろう。しかし、それが本人の望みとはいえ、本当にこの少年にとって、よいことなのかどうか……。

「華王」

不意に清蔵に呼びかけられて、華王は物思いの淵《ふち》から顔を上げた。

「なかなか上玉じゃないか。おまえさん花魁をやめても女衒《げせん》で食っていけるぞ」

清蔵の悪い冗談には取り合わず、

「それじゃあ、親方、この子を買うてやってくれるんですか？」

と、華王は念を押した。

「そうだな、こいつなら引込《ひっこみ》にして芸を仕込むことができる。思いきり張り込んで三百円…ってとこだな」

清蔵が頭の中ではじいた算盤《そろばん》の額を聞いて、少年が目を丸くする。無理もない…と華王は思った。少年はまだ年が幼いので、実のところ三百円はそんなに高い金額ではない。十六で身を売った華王はその三倍以上の値で買われた。それでも、大学出の勤め人の初月給が三十五円くらいだと聞くから、少年にとっては夢のような額だろう。だが実際に少年の親に渡されるのは、三百円から見附金やらなんやかやと引かれて、二百円にも満たない金額である。その金で少年はこの先何年も……大人になってもこの楼に縛りつけられることになる。

「よし、もう着物を着て座っていい。で、年はいくつだ？」

紙煙草《たばこ》に火をつけながら清蔵が訊く。

「十三です」

「十三か。うちじゃあ、十五で新造出しをする。それまでは禿っていってなあ、花魁について見習いをするんだ。おい、華王、もちろんおまえさんが面倒見てやるんだろ？」

「ええ、そのつもりです。この間玉菊が新造出しをしたので、私の禿は今小桜一人ですし」

「よし、じゃあ話は決まった。親御さんとこにはちゃんと人を立てて挨拶《あいさつ》に行くから心配はいらねえよ。ところで、名前のほうだが…そうさなあ…『葵《あおい》』ってのはどうだ？　華王が新造の時に名乗っていた名だ。華王みたいに売れっ妓になれるかもしれん、縁起のいい名だぜ」

「葵…」

少年が口の中で味わうように繰り返す。

そのとき、部屋の外から、「親方、組合の寄り合いは行かないんですか」と声がして、襖《ふすま》が開いた。

「おや、花魁が連れてきた新入りってのはこの子かい？」

部屋に入ってきた一之丞が二人に気づき、少年を見回して、「ふうん」とうなずく。

一之丞は春夢楼の中では特別な存在で、こうやって楼主の清蔵の住居部分である内所への出入りも自由にできる。それどころか、五十にもなって妻も子もいない清蔵の身の回りの世話もしている。なんでも清蔵と一之丞は昔の知り合いだとかで、清蔵が吉原に男遊郭を造ったときに、一之丞を手伝いに呼び寄せたらしい。

「一さん、新しくわちきの禿になった『葵』です。どうぞよろしゅう仕込んでやってください」

とりあえず、華王は少年の頭を押さえて下げさせ、一之丞に挨拶をしておいた。自分が少年に教えてやれることなどたかがしれている。これからは芸から廓のしきたりまでいろいろなことを一之丞に仕込まれることになる。

「また仕事が増えちまったね。はいはい、しっかり仕込んでやるから、覚悟しておくんだよ」

と、一之丞は少年を脅すように厳しい顔を作って言うと、すぐに清蔵に向き直り、「親方、また寄り合いを休むんですか？　知りませんよ、親方衆になんと言われたって…」と、嫌味の混じった口調で話しかけた。

華王は清蔵に向かって頭を下げると立ち上がり、少年を連れて部屋から退こうとした。襖を閉める間際に清蔵が顔を向け、華王に、

「しかし自分で自分の身を売りにくるなんて変わり種は、華王、おまえさんに次いでその子が二人目だな」

片頬《かたほお》だけで笑いながらそう言った。

華王は聞こえなかった振りをして、そっと襖を閉めた。

「京なまりの男花魁……?」

久しぶりに仲間内で集まった酒の席で、日下部慎一《くさかべしんいち》は座の一人が漏らした言葉が妙にひっかかり、思わず唇をつけたばかりの盃から顔を上げた。

その夜集まっていたのは、学習院時代の同窓生である華族の息子《むすこ》連中だった。慎一にとっては、正直気乗りしない集まりであったが、これもつき合いの一つと割りきり、馴染《なじ》みの料理屋で行われる年に数度の酒の席に渋々顔を出していた。

息子連中といっても、三十歳の慎一といくらも年の違わない者ばかりなので、それぞれもういっぱしの社会人として活躍している。慎一のように、亡くなった父親の跡を継いで企業の頭に納まっている者もいる。だからこの集まりはさまざまな業界にいる者の情報交換という意味合いも兼ねていた。

慎一は隣の席に座っている銀行の頭取の息子に小声で話しかけた。

「……なんだ、その男花魁というのは?」

子供の頃から知っている仲間といっても、昔からあまり馴染めない者ばかりなので、いつも慎一は座の中心にはいない。席の端に座って、一人静かに酒を飲み、話の聞き役に徹するのがいつもの慎一の姿勢であったが、今夜出た話題はなぜか聞き流すことができなかった。

「ああ、吉原の男遊郭の花魁のことだろ？」

頭取の息子は酔いの回り始めた赤い顔で答えた。

「男遊郭？」

「なんだ日下部は知らないのか？　もう何年も前からあるぜ。もっとも今までは一部の酔狂な客にしか知られてなかったんだが、最近はかなり評判になっているみたいだな。僕もよく噂を聞くよ」

頭取の息子はそう言うと、「おい、その男花魁、なんて名だったかな」と、最初にその話題を出した中山《なかやま》という男に訊いた。

「ん？　ああ、『華王』だよ。ほら、倉田のじいさんが入れ込んでるって噂のさ」

「倉田？　ああ、そういえば…」

倉田の名を聞いて別の男が話に入ってきた。

「先月、倉田さんが設けた席にうちの父が呼ばれてね、その噂の華王とやらを見たらしい。なんでもその席には三松屋の白雪も来ていたらしいが、美貌《びぼう》ばかりか芸も教養も、男花魁のほうが白雪より勝ってたと言って舌を巻いていたよ。特に笛は名手だとさ」

「笛!?　その『かおう』という男花魁は笛を吹くのがうまいのか？」

慎一は思わず身を乗り出した。

「京なまりがあるというのもその男花魁か？」

「ああ。倉田のじいさんは近江《おうみ》の出だから、その京なまりが懐かしくていいと言って通い詰めているらしい。まあしかしいくら女以上にきれいでも、僕なんかは男の花魁を買う気にはなれないね。襦袢《じゅばん》をめくれば自分と同じ物がついているんだろ？　勇み立った物もうなだれちまう」

中山の軽口に座が爆笑に包まれる。しかし慎一は一緒に笑いはしなかった。心臓がどうかしてしまったのかと思うほど激しく打ち始める。頭の中では今聞いた『京なまり』と『笛の名手』という言葉が何度も行き交っている。

まさか――まさか――いや、そんなことが…………

「その男遊郭というのはどういうところなんだ？」

慎一はどうしても我慢できず、中山に訊いてみた。吉原には何度か取引先の接待で行ったことがあるが、そんなところがあるとは聞いたことがなかった。

中山は「堅物の日下部がそんなものに興味を示すとは思わなかったな」と笑いながらも、自分が遊び里に精通していることをひけらかすように、得意そうな顔で語り始めた。

「吉原の京町にある『春夢楼』っていう遊郭さ。七、八年前にできたらしいが、元は『菊水《きくすい》楼《ろう》』という普通の遊女がいる遊郭だったらしい。老舗《しにせ》の中見世《ちゅうみせ》でかなり繁盛していたってことだが、それが八年ほど前に楼主が急死してしまったらしいんだな。楼主の妻はすでに亡くなっているうえ、一人息子は若い頃に家を出たままで行方《ゆくえ》知れず。で、跡を誰が継ぐのかともめていたとき、ふらっと行方知れずだった一人息子が帰ってきた。それが今の楼主の清蔵という男だって話だ。清蔵はなにを思ったか、それまでその遊郭で働いていた遊女や雇い人を全員解雇したらしい。まだ年季の明けていない遊女の残りの借金を帳消しにしてだ」

「ああ、それは僕も聞いたことがある」

頭取の息子が思い出したように言った。

「当時、うちによく来ていた婦人活動家がやんやの喝采《かっさい》を贈って、その清蔵とかいう男を絶賛していたのを覚えているよ」

「ああ、あの頃はこれぞ本当の娼妓解放だとかいって結構な話題になったからな。しかしだ……」

中山は意味ありげに含み笑いをすると、ひそかに猥談《わいだん》でもするように声を低くした。

「遊女を全員解放したあと、清蔵はいったん下ろした『菊水楼』の看板の代わりに、新しく『春夢楼』という看板を上げたんだ。なんと今度は男ばかりの娼妓を揃《そろ》えてね」

中山は自分で言って、こらえきれないように笑いを漏らした。

「男の花魁がいる男遊郭だぜ。吉原始まって以来のことだ。股の間にナニをぶら下げた男が、頭にかんざしを挿して化粧をして、花魁の衣装を着てるんだ。清蔵はいったいなにを考えているんだと、当時みんな嘲笑《わら》ったものさ。ほかの遊郭の楼主たちも呆れてたよ。どうせすぐにつぶれるだろうと陰で言われていたが…ところがどうだ？　つぶれるどころか、今や春夢楼は飛ぶ鳥を落とす勢いだ。特にさっき話に出た華王なんぞは、今吉原で一番人気のある花魁だと言われている。妙な時代になったもんだよ」

「その『かおう』というのは、年はいくつくらいなんだ？」

慎一の問いに、中山は「二十二、三くらいじゃないかな」と答え、

「なんだ、日下部、男花魁なんかに興味があるのか？」

と、ニヤニヤ笑いながら茶化すように言った。

「馬鹿な……ちょっと珍しいなと思っただけだ」

慎一は中山から目をそらすと、ことさら平静を装いながら盃に手を伸ばした。

「そういえば、その華王っていう男花魁は華族の出だって噂を聞いたことがあるな」

頭取の息子の言葉に、慎一の手がぴくりと止まる。

「僕もそんな噂を聞いたことがある」

ほかの男の言葉に、「本当かよ？」と、また別の男が顔を向ける。

「まあ、よくある話だな。吉原には華族の娘がけっこういるそうだ」

「没落華族ってやつか？　いやだねえ、そんな身にはなりたくないもんだ」

華族の息子連中ばかりなので、そういう話題には皆すぐに興味を示して話に乗る。

「色里に身を売る華族もいれば、平民のくせに金に埋もれているやつもいる。いったいどう

なってるんだ、この国は」

誰かが言った言葉に「おい」と、小さく咎《とが》めるような声が飛んだ。言った者は慎一のほうを見て、慌てて口をつぐんだ。途端に座がきまり悪そうに静まる。慎一はなにも聞いていなかったように素知らぬ顔で盃を口に運ぶ。

中山が話題をそらすために、相場の話を始めた。皆ホッとした顔で次々とそちらの話に加わっていく。座が再び盛り上がり始めたのをよそ目に、慎一はただ黙々と口元に酒を運んだ。しかし手に持つ盃は先ほどから小刻みに震えている。

京なまり、笛が上手で華族の出……。

いくら忘れようとしても忘れられない、それらの符号の一致する少年の顔が脳裏にくっきりと浮かび上がる。小さい頃から大人の入り口にさしかかる年まで、毎年まばゆいほどの成長を目の当たりにしてきた。雪のような白い肌に、利発そうな澄んだ瞳が印象的だった少年。あんな事件さえ起きなければ、義弟《おとうと》と呼んでいたはずだった。今も、自分のそばにいるはずだった。

その少年が自分の元を去ったのが、七年前。あの時、彼は十六だった。生きていればもう二十三になっているはずだ。

二十三……またひとつ符号が合致する。

慎一は動揺していた。いくら飲んでも酒の味がしない。酔うこともできない。彼のことを思い出すだけで胸が血を噴きそうになるほど痛くなる。

冬弥《とうや》――

慎一は心の中で懐かしい名を呼ぶと、空になった盃を、割れそうになるほど握りしめた。

自分の部屋の文机で手紙を書いている華王の後ろで、新入りの葵が禿仲間の小桜になにやら言われている。

「『おいら』じゃない、『わっち』って言うんだ。おまえ今また自分のことおいらって言っただろ」

自分のほうが一つ年下のくせに、小桜は自分より下っ端ができて嬉しいのか、なにかにつけて先輩面して説教している。

「いいか葵、廓には廓言葉っていってな、独特の言葉があるんだぞ。早く覚え……いてっ！」

「なんだい、自分だってまだ満足に覚えてないくせに、えらそうなことばかり言ってるんじゃないよ。ほれ、部屋の掃除が終わったら、さっさと廊下の拭《ふ》き掃除をしてきなさい。ほんとにおまえたちはちょっと目を離すとさぼってばかりだ」

部屋に入ってくるなり小桜の頭を小突いたのは一之丞だった。慌てて逃げるように部屋を出ていく禿たちを見送りながら、

「花魁はあの子たちに甘すぎますよ。もっと厳しくしつけなけりゃ」

そう小言を言って座った。華王が返事をしなかったので、一之丞はさらに不満そうな顔で言葉を続けた。

「それから外へ食べに連れていってやるのもほどほどにしてくださいな。育ち盛りにあまり食べさせると骨が太くなって身体が大きくなる。それじゃあ将来娼妓として売りものにならなくなるじゃありませんか」

「わかってる、そんなことくらい。そやからあまり身につきそうな物は食べさせてへん」

「それだけじゃない。花魁が叱らないから、あの子たちはすぐに羽目をはずして騒いだりするんですよ」

「そやけど、廓で子供時代を過ごさなあかんあの子らも思えば不憫《ふびん》や。せめて禿の間くらい子供らしい暮らしをさせてやりたいやないか」

華王が反論すると、一之丞は少しの間を置いて、

「花魁はよっぽど幸せな子供時代を過ごされたらしい」

と、皮肉とも本心とも取れるような言葉を返した。一之丞の言葉に、華王は胸の深いところをずくりと突かれたような気がした。途端に甘い思い出と懐かしさがこみ上げる。

華王は筆を置いて、遠い目で窓の外を見やった。空の高いところに、鳥が一羽舞っているのが見えた。自由に舞う鳥。あの頃の自分もそうだった。まだなんの枷《かせ》も負い目もなかった。

自由な身体と、自由な心で、ただただ無邪気にあの人のあとを追っていた。

「……ああ、幸せやったな、あの頃は…。あの頃の思い出だけで、これからの辛い人生を生きていける。そう思えるほど幸せやった」

あまりに華王が素直に言ったせいか、一之丞はすぐには返事をせず、しばらくしてから、

「うらやましいことだ」

と、ぼそりと言った。

「あたしなんざ、母親が遊女だったもんだから生まれも育ちも廓の中でね…。それもこんな大きな見世じゃない。小さな河岸《かし》見世だったもんだから、そりゃひどい暮らしでしたよ。見よう見まねで覚えた踊りの筋がいいってんで役者の家にもらわれていきましたが、そこでもさんざんな扱いでね……。子供の頃の思い出なんて、ろくなもんじゃないものばかりだ」

一之丞が自分の身の上話をするのを聞いたのは初めてだったので、驚いた華王が振り向くと、一之丞は先ほどの華王と同じように遠い目で窓の外を見ていた。一之丞の整った横顔は、髪を伸ばして女物の着物を着れば娼妓として通用するのではないかと思うほどきれいだったが、赤味のない痩せた白い頬がやけに寂しそうに見えた。思わず華王が「一さん…」と声をかけると、一之丞は、

「おっと、余計なことを言ってしまいましたね」

と、ばつの悪そうな顔をして笑った。笑うと、四十という年相応に目尻《めじり》に小さな皺《しわ》がいく

つもできた。

「そんなことを言いにきたんじゃないんですよ。若月のことです。いよいよ来月は突出《つきだ》しだ。水揚げのお相手のことなんですが、花魁はどなたか考えているお人はいらっしゃいますか?」

「ああ、そのことなら、初めは倉田の旦那にお願いしようかと思うてたんやが…」

「ああ、倉田様ならいい。あの方なら財もあるし、男相手の床にも慣れてらっしゃる。それなら親方のほうからも倉田様にお願いしてもらいま…」

「いや、それはちょっと待っておくれ」

「?」

「初めてで倉田の旦那の相手をするのはちょっときついかもしれへんと思うて」

華王が苦笑しながら言ったので、一之丞は合点がいったように、「ああ」とうなずいた。

「倉田様はそんなにご立派なお宝をお持ちなんで?」

含み笑いをする一之丞に、華王が肯定も否定もせず曖昧《あいまい》に微笑むと、

「大丈夫ですよ。若月には、突出しまでにあたしがしっかり仕込んでおきましょう」

一之丞は自信ありげに、手の平で自分の胸を叩いた。

確かに華王のときも、突出し前にはしっかり一之丞に仕込まれた。春夢楼では禿の時分に油を含ませた筆で菊座を刺激するということから娼妓としての訓練を始める。新造になれば、道具を使って少しずつ菊門を広げる訓練も始まる。十六でこの世界に入った華王は、短い期

間でそれらすべてを体験させられた。それだけに水揚げのときにはまだ身体が慣れきっておらず辛《つら》い思いをしたのだが、幼い頃に廓に入った禿立ちの若月なら、もうすでに何年も訓練を受けているはずだ。自分のときほど身体的には辛くないかもしれない。

「そうか。それならええ。最初に思たとおり倉田の旦那にお願いすることにしよう」

華王の言葉に一之丞は「はい」と応じると腰を上げかけ、途中で「ああ、そうだ」と言って片膝をついたまま動きを止めた。

「花魁、今夜は上客になってくれそうな初会のお客さんが来られますよ。さっき引手茶屋のほうから連絡がありましてね。なんでも紡績工場をいくつも経営している実業家の方だそうです。うまく馴染みになってくれればありがたいんですがね。そういうことですから、花魁、よろしく頼みますよ」

「ああ」

一之丞が部屋を出ていくと、華王は再び文机に向かった。ちょうど倉田への手紙を書いているところだったので、若月のことで相談したいことがあると書き添えることにした。書きながら、華王はふと若月の姿を思い浮かべた。

あの若月がもうすぐ十七……。若月がここにきたときは、まだ十一、二のほんの子供だった。華王自身も水揚げをすませたばかりの頃だった。

(早いものだ)

華王は胸の中で独りごちると、自分の年を数えてみた。

「二十三…」

呟《つぶや》いて、ため息をつく。

女ならば、まだ数年は遊女として働ける年だ。しかし男の娼妓しかいない春夢楼では、二十三が娼妓を引退する年のひとつの目安になっている。いくら女のようにきれいに磨き上げてはいても、しょせん、男は男。少年期から青年期にさしかかる頃までは男とも女ともつかない美しさに輝いていても、年齢を重ねるごとに男の部分が勝ってくる。身体の線が太くたくましくなり、ひげや毛が濃くなってゆく。

もともと身体の線が細く体毛の薄い華王は、今までなんの問題もなくこの仕事をやってこられた。しかし中にはいくら子供時代に可愛《かわい》らしい外見をしていても、十代の終わりの頃から男らしい容貌や体格に変貌してしまい、娼妓としては使いものにならなくなる者もいる。春夢楼ではそういう者は見世には出されず、妓夫《ぎゆう》や喜助《きすけ》などの若い衆として裏方で働かされることになる。また、娼妓として働いていた者でも、引退すれば遣手や番頭新造としての仕事を割り振られることになる。たった数年しか身を売ることのできない男の娼妓たちは、見世への借金をその間に返すことができないからだ。遊女と違って男の娼妓の場合は、客に身請けされることもほとんどない。自分の働きで得た金で自分の借金を返す以外に、この廓を出る道はないのだった。

華王は遣手になった自分を想像してみた。一之丞のように、自分も娼妓たちを教育したり、客の応対を万事そつなく切り回すことができるだろうか……。しかし華王にはいくら考えても想像もつかない。とても一之丞のようには完璧《かんぺき》にできないと思う。

華王はまたため息をついた。自信がないなど、この期に及んで言い訳にもならない。かといって、いまさらこの世界から足を洗う気もない。いや、洗えない。借金云々《うんぬん》の話ではない。金のことをいうなら、もう自分は自分の借金を返し終えている。とっくに年季は明けているのだ。ただ、新造や禿たち弟分の世話をし、新造出しや突出しの費用を華王が負担するから、また新たに借金ができるだけなのだ。そしてそれを自分は好んで行っている。自分に枷をつけるため。この妓楼に自分を縛りつけるため……。

華王は手鏡を手に取ると、自分の素顔を映してみた。まだ肌はなめらかで、ひげもほとんど生えていない。朋輩の多くは毎日のように下草を摘《つ》んだりひげや脛《すね》の毛を抜いたりという手入れに追われているが、自分は今までそんな苦労をせずに来れた。多分、体質的にそういう質《たち》なのだろう。これなら春夢楼の慣例を破ってまだまだ娼妓として働くことができるかもしれない。たとえお職の座を失いはしても、張見世《はりみせ》に出ることになったとしても…。

華王はそう思いながら目を閉じると、手鏡をそっと戻した。

座敷の次の間に入ると、部屋の中央で足位置を定める。隣の引付座敷《ひきつけざしき》からは襖越しに幇間《たいこもち》の賑《にぎ》やかな声と、芸者の奏でる三味線の音が聞こえている。

その音が聞こえてくる襖に背を向ける格好で、華王は腰をかすかに落とした姿勢をとると、静かに時を待った。二階廻《にかいまわ》しの若い衆から華王の準備が整った知らせが行ったのか、三味線の音が途切れ、一拍置いて、一之丞の少し甲高い声が隣の部屋に響いた。

「お待たせいたしました。華王花魁のお出ましです」

隣の部屋に一瞬走る緊張した空気を感じる。静まり返った中、襖の陰に隠れた二人の若い衆が引付座敷に通じる襖を同時に開けた。

その音を背中で聞いた華王は、深紅の裲襠を大きくひるがえすと身体をひねり、座敷のほうに身体を向けると、斜に構えた姿勢でひきつけの姿をきめた。これが春夢楼のひきつけの型であった。

ほおおっと、座敷からため息が漏れる。畳に手をついて頭を下げている一之丞をはじめ見世の者や、見とれるような顔で見上げている幇間や芸者の顔をさらりと一瞥《いちべつ》したあと、最後に華王は客の男に目を留め、思わず叫びそうになった。

最初はどうしてその人がいるのかわからなかった。あまりにその人のことばかりを想《おも》っていたため、幻を見ているのかと思った。しかし夢でも幻でもなかった。

仕立てのよい背広に広い肩を包んだ精悍《せいかん》な男が、まっすぐ背筋を伸ばして正座し、じっと華王を見つめていた。

整った男らしい容貌はなにも変わっていなかった。精悍さと落ち着きが増した以外は、七年前となにも変わっていない。

夢に見た。何度も何度も、この男の夢を見た。会いたくて会いたくて仕方なかった人。それでいて生涯二度と会いたくないと思っていた人。

引付座敷で待っていたのは、毎日のように夢の中に出てきては華王を癒やし、そして苦しめる、日下部慎一、その人だったのだ。

慎一は目を見張って華王を見ていた。彼も驚いているのがわかった。しかし慎一はそれ以上取り乱すことはなかった。うろたえて華王を元の名で呼ぶこともせず、ただ目を見開いてまっすぐ華王を見つめていた。互いに見つめ合う視線が磁力のようになって、その場に華王を釘《くぎ》づけにする。心の中では走ってこの場から逃げ去りたい衝動が渦巻いているのに、足が一歩も動かない。

どうして気づかなかったのだろう――

華王は心の中で悔やんだ。一之丞は昼間、今日の客は紡績工場をいくつも経営している実業家だと言っていたではないか。どうしてあのとき、その言葉から慎一のことを連想しなかったのか。どうして彼のことに思い至らなかったのか――

「…花魁?」

いつまでたっても動かない華王を見て、一之丞が怪訝《けげん》な顔をする。

「花魁——さあ、どうぞこちらへ」

焦《じ》れた一之丞が、芝居がかった仕草と声音で華王を上座の席に誘う。華王はその声でやっと我に返った。

そうだ、自分は今、吉原は春夢楼の花魁、華王なのだ。もしかしたらここで慎一と再会することがあるやもしれないということも承知の上で、自分は吉原にきたのではなかったか。それくらいの覚悟なしで、なんの罰であり償いであろう。

華王はひとつ大きな深呼吸をすると、慎一から視線をはずし、懸命に平静を装って歩を進めた。いつものように悠然とした態度を保って席に着く。禿の小桜が華王の前に煙草盆を置く。続いて若い衆が盃の載った台を持ってくる。初会の客と形ばかりの祝言の盃を交わすのだ。

華王は慎一からわざと目をそらし、まるで相手が見えていないように正面を見据える。だが実際には、視界の端に入る慎一の一挙手一投足に息を詰めていた。慎一は一度も目をそらすことなく華王を見つめ続けている。

若い衆が盃に酒をつぐ真似をする。この儀式は形ばかりで実際には盃には酒は入っていない。慎一は廓の作法を心得ているのか、迷いのない手つきで固めの盃の儀式を進める。華王も能面のような顔のまま盃事をすませた。

花魁は初会の客には口をきかないのが廓のならわしである。盃事がすむと同時に華王は席を立った。さすがに席をはずすのが早すぎたので、見世の者たちが意表をつかれたような顔で華王を見上げる。それでも華王は知らぬ顔でさっさと座敷を引き上げた。禿たちも慌てて立ち上がり、華王のあとに従う。

慎一がどういう表情をしたのかはわからなかった。華王は慎一を一度も振り返ることなく、引付座敷をあとにした。

「いったいどうしたんです。ありゃなんの真似ですか？」

本部屋に戻った華王を追ってきた一之丞が、怖い顔で詰問する。

「うまくいけば上客になると言ったじゃありませんか。それを、いくら初会とはいえ、あれはあんまりだ。もう少し座っていただかないと。それともなんですか、ありゃ花魁の手練手管だったんですかね？　それならあたしはなんにも言いませんがね。つれなくするのも駆け引きのひとつだ。だけどそんな博打《ばくち》、あたしなら怖くて打てませんよ。もしあの客が裏を返すために二度目の登楼《とうろう》をしてくれなかったら、大きな魚を逃がしたことになるんですよ。え、花魁、わかってるんですか？」

「……一さん」

早口でまくし立てるように言う一之丞を、華王は静かな声で制した。

「一さん、もう二度とあの客を登楼《あげ》んといてくれへんやろか。万一、裏を返しにきても、お断りして欲しいんや」

「なんですって？」

華王の言葉に、一之丞は思いきり呆れたような顔をした。

「なにをもったいないことを言ってるんです。いったいあのお客のどこが気に食わないんで？　引手茶屋の女将の話じゃかなりの資産家だそうですよ。しかもまだ若い上に、役者にも引けをとらないあの男振りのよさだ。たとえ金を持っていなくたって、自分から身揚がりしてでも登楼《あが》ってもらいたいと思っても不思議じゃない」

そこまで言って、一之丞は、あっという顔をした。

「もしかして、花魁、あのお客人をご存知なんで？」

華王は答えなかったが、思わずこわばってしまった表情だけで、一之丞には察せられたらしい。小さくため息のような息を吐くと、一之丞は真剣な顔で華王を見据えた。

「……どんな事情があるのかは知りませんがね、たとえ会いたくない人が来ても、客として登楼《あが》ってくれりゃ会わないわけにはいかないのがこの商売だ。そりゃ、花魁ともなればいやな客を振るっていう手もある。しかし華王花魁は新造や禿をたくさん抱えてらっしゃる。あの子たちを一人前にしてやるためにももっと稼がにゃならないでしょう。上客になるとわかっていながら振るなんて、そんなわがまま通る身じゃないんじゃありませんか」

一之丞に説教されるまでもなく、そんなことは重々承知している。わかっているのだ。わかってはいるが――

「そやけど…」

相手が慎一でさえなければ自分だってこんなことを言い出しはしない。男のくせに花魁の真似事などしてと吉原中の遊女たちに嘲笑われながら、それでもこの数年間、春夢楼のお職として看板を張ってきたのだ。いまさら、自分の昔を知っている者にこんな姿を見られたからといって、恥ずかしいも情けないもない。しかし……それでもやはり客と娼妓として慎一と相対することだけは勘弁して欲しい。

「花魁、花魁には矜持《きょうじ》というものがないんで？」

突然一之丞が、まるで華王の心内を見抜いたように言い放った。

「この吉原には二千を超す遊女がおります。廓の中で会いたくなかった人と会ってしまう遊女なんて数えきれないくらいいるでしょうよ。でもね、どんな下っ端の遊女だって、逃げたり顔を伏せたりせずにちゃんと商売してますよ。一寸の虫にも五分の魂ってやつです。たとえ河岸見世の下級遊女にだって、意地や矜持ってもんがある。なのに、今吉原一の花魁と言われて権勢を誇っている華王花魁が、そんな甘っちょろい考えでどうするんです。弟分たちに甘いのはまだ許せますがね、自分に甘いのはいけませんよ。見世のほかの妓《こ》にも示しがつかないじゃありませんか」

華王には一之丞に返す言葉がなかった。確かに一之丞の言うとおりだ。今だって禿たちがおろおろしている。戻るなり奥の間に閉じこもってしまった華王を心配して、小桜と葵が何度も襖の隙間からのぞいている。こんな姿を、いつか華王を超えて自分がお職になろうと頑張っている見世のほかの娼妓たちにも見せるわけにはいかない。

うなだれてはいても反論をしなくなった華王を見て、一之丞は華王が得心したものと思ったのか、

「わかってくれましたね、花魁？　それじゃあ、もしまたあのお客が登楼《あが》ってくださるようなことがあったら、そのときはもう二度とあんな真似はしないでくださいよ」

そう釘を刺すように言った。

華王はもううなずくより仕方なかった。

「わかってくだすったならいい。ほれ、気を取り直して、まだ次の座敷がありますから早く支度をしてくださいな」

一之丞はそう言うと、二、三度空咳《からぜき》をして立ち上がった。

襖の閉まる音を聞きながら、華王はさっき何年ぶりかで会った慎一の顔を思い出し、同時に感じた耐えきれないほどの苦痛に顔を歪めた。

翌日、ほかの座敷の最中に若い衆から耳打ちされ、華王が廊下に出ると、上機嫌の一之丞が立っていた。

「日下部様が裏を返しにきてくださいましたよ」

一之丞の言葉に、さっと華王の血の気が引く。

「あんな扱いを受けたのに、昨日の今日で早速のご登楼《とうろう》だ。ありがたいことですよ。ほらほら、花魁、なにを辛気くさい顔をしているんです。今日は裏を返しにきてくださったんだから、昨日のような真似はよしてくださいよ。大事なお客なんだ。もうちょっと愛想よくしてください」

一之丞はそう言うと、「花魁の座敷にお通ししてますからね」とつけ加えた。まだ馴染みにもなっていないのにもう本部屋に通されていると聞いて華王は驚いた。慎一はよほど祝儀をはずんだのか、それとも慎一を逃したくない一之丞の策か。どちらにしても自分の城で慎一に会わなくてはならないと知って、華王はさらに気が塞《ふさ》いだ。

「わかった。あとで行く」

素っ気なく返事して華王が元の座敷に戻ろうとすると、一之丞は「あまりお待たせしないようにしてくださいよ」と追い打ちをかけるように言い、若い衆にも、そこそこの時間になったら必ず華王を本部屋に戻らせるようにと念を押した。

座敷に戻った華王は若月に名代を務めるように言って本部屋に行かせると、自分はだらだらと座敷に居続けた。慎一に会う時を少しでも遅らせたかったからだが、それでも何度も若い衆に催促されるのを無視するわけにはいかなくなった。

ようやく重い腰を上げ、自分の部屋に向かう。心臓が口から飛び出るかと思うほど動悸《どうき》がする。華王は気を落ち着けるように部屋の前で何度か深呼吸して覚悟を決めると、襖を開いた。

床の間の前で若月に酌をしてもらっていた慎一が顔を上げ、華王を見る。今夜は、華王も目をそらさずに慎一をまっすぐ見据えた。

「お待たせいたしんした」

若月が席を立ち、新造や見世の者が並んでいる席に戻る。その並びにいる一之丞が、華王が現れたのを見てホッとしたような顔をするのが見えた。

華王が慎一の隣に座ると、慎一は一之丞を呼び、「今夜は花魁と二人だけでゆっくりと話がしたい」と、切り出した。

一之丞は一瞬華王の顔色をうかがうように見たが、慎一から座にいた者全員への多額の心づけを受け取ると、「へえ、かしこまりました」とすぐに笑顔で頭を下げ、部屋にいた面々に退出を命じた。皆、それぞれに慎一に礼と愛想を言いながら部屋を出ていく。

華王づきの禿たちまでいなくなると、さっきまでの賑わいが嘘《うそ》のように座敷はシンと静まり返った。ほかの座敷から聞こえる三味線や笑い声がやけに大きく響いて聞こえる。

しばらくの沈黙のあと、

「…やはり君だったんだな、冬弥」

慎一の言葉に、華王はびくりと身体を震わせた。青ざめる華王を見据えながら、慎一は静かに言葉を続けた。

「昨日まで半信半疑だった。噂を聞いて、実際に君を見て、それでもまだ他人のそら似かもしれないと思っていたんだ。しかしさっきの声を聞いて間違いないとわかったよ。冬弥、華王というのは君だったんだね」

華王は観念した。座り直して、改めて慎一のほうを向くと、

「お久しゅうござりいす」

と、両手をついて頭を下げた。

「日下部様には大変お世話になりんした。受けたご恩を仇《あだ》で返すようになんのご挨拶もせずおそばを離れたこと、遅うなりましたが、このとおりお詫《わ》びいたしんす」

「詫びなどいらん」

慎一は華王の手をつかんで身体を起こさせると、

「どうしてこんなところにいるんだ」

と、怒りを押し殺したような声で言った。

「急にいなくなって、どれだけ心配して探したと思っているんだ」

「申し訳ございりいせん」

再び手をついて深々と頭を下げようとした華王を、慎一の手が押し止《とど》める。

「謝ってなど欲しくない。わけを言って欲しい。どうしてこんなところにいるのか、どうして花魁などをしているのか。俺が肩代わりした君の家の借金を返すためか？　君が出ていったあと、多額の金が届けられた。送り主は偽名を使っていて結局誰かわからなかった。しかしあれは君だったんだろう？」

華王は答えない。答えないのが華王の返事と理解したのか、慎一は眉間《みけん》に皺を刻むと、

「君はあの金を作るために、こんなところに身を沈めていたのか。馬鹿な、なんてことを！」

吐き出すようにそう言った。慎一の声は怒りを抑えきれずに震えている。華王は唇を噛んでうつむくしかなかった。

「なぜそんな早まったことをしてしまったんだ！　金のことなんか、俺はどうでもよかったのに。華絵《はなえ》さんがあんなことになったからといって、君にそんな負い目を負わす気はまったくなかったんだぞ」

姉の名を出されて、華王は思わず膝の上で手を握りしめた。

「……帰ろう、冬弥」

顔を上げられずにいる華王の上に、不意に慎一のやさしい声が降ってきた。

「ここを出て、俺の家へ帰ろう。これからのことは心配しなくていい。あのときも、君のことは一人前になるまで俺が面倒を見るつもりだったんだ。遠慮なんかしなくていい。君のことを、俺は今でも弟だと思っている」

「日下部様……」

驚いて顔を上げた華王に、慎一は昔と同じやさしい笑顔を向けてくれた。

「慎一でいい。そんな他人行儀な呼び方をしないでくれ」

華王は心臓がきゅっと握られるような痛みを感じた。

そうだ、いつもこんな温かい笑顔で自分を包んでくれていた人だった。甘えさせてくれて、時には叱ってくれて、でもいつも根底にはこの温かさがあって、自分はその温かさの中に気持ちよく浸かっていればよかった。

華王は昔の自分を思い出し、泣きたいような気持ちになった。

なんて子供だったんだろうと、今考えればそう思う。幼い頃のまま、心は少しも成長しなかった。慎一への思慕が生んだ子供っぽい独占欲や嫉妬心《しっとしん》だけを育てさせ、心は大人になれなかった。十六だったあの頃も。だからあんなことが起きてしまった……。

「俺が君を請け出してやる。さあ、すぐにでも楼主に話をつけに行こう」

慎一の申し出に一瞬身を震わせた華王だったが、すぐに気を取り直し、首を横に振った。

「いいえ、それはお断りいたしんす」

「どうして――?」

慎一が驚いたような顔で華王を見返す。

「わちきは自分の意志で春夢楼《こ こ》に参りんした。自分でこさえた借金も、最後まで自分の力で返すつもりでありんす。ここを出る気はありんせん」

「なにを言ってるんだ!? ここを出る気がないだと。君はこのままここで花魁を続けると言うのか」

慎一が理解できないというような顔で華王を見つめる。

「自由の身になれるんだぞ。君は自由になりたくないのか」

「日下部様……」

華王は慎一を怒らせないように、ことさら冷静な声で話しかけた。

「日下部様へのご恩は山ほど感じてございんす。だからこそ、日下部様にこれ以上ご迷惑をおかけするわけにはまいりんせん」

「迷惑だと? 迷惑なんかじゃない。俺は君のことを弟だと思っていると言っただろう」

慎一の言葉を、華王は心底ありがたいと思った。と同時に、ひどく哀《かな》しくも感じた。

弟……そう、自分はいつも慎一にとって弟のようなものだった。幼い頃からずっと、弟でしかなかった……。

華王は未練を断ち切るようにスッと背筋を伸ばすと、強がりと悟られないように目にありったけの力を込めて、慎一を見つめた。

「ここにおりますのは、もう日下部様の知っている藤代《ふじしろ》冬弥ではありりんせん。吉原は春夢楼の花魁、華王でありりんす。冬弥のことは、どうぞもう忘れておくんなんし」

「冬弥、なにを…」

「日下部様」

うろたえたような慎一の言葉を途中で遮り、華王は、

「春夢楼《ここ》は日下部様が来られるようなところではござりんせん。もう二度とここへは足を踏み入れなんすな」

そう言うと、帯の下に両手を入れ、立ち上がった。

「冬弥！」

慎一が呼び止めたが、華王は足も止めず、そのまま部屋を出て襖を閉めた。

あれから一週間が過ぎた。

結局あの日、華王は裏を返しにきた慎一を素っ気なく扱い、それどころかもう二度と来るなと引導を渡して、ほかの客の宴席へと戻ってしまった。それを知った一之丞からは、あとでさんざん叱られ嫌味を言われることになったが、しかし華王は後悔はしていない。

慎一は華王の言葉どおり、あれから春夢楼へ来ることはなかった。そのことに、華王は心底ホッとしている。自分の過去と向き合うのは、まだ今の華王には辛すぎる。いや、向き合える日が来るとも思えない。多分自分は永遠に自分を許せないし、許したくもない。

「花魁、手紙を出してきました」

物思いにふけってぼんやりしていた華王は、不意にかけられた声に振り返った。開いている襖の向こうにちんまり座っているのは、新入りの禿の葵だった。

「ああ、ご苦労さん」

葵をねぎらった華王は、戻しかけた顔をふと止めて、もう一度葵を見た。

「どうや、葵。少しは慣れたか?」

葵はここへ来たときのつんつるてんの着古した着物ではなく、今はおとなしい色柄の女児用の着物を着せられている。髪はまだ伸びていないが、もともと色白で整った顔立ちのうえ、前髪を切り揃えているせいか、それほど違和感がない。夜、華王について客の前に出るときは、おかっぱ髪のカツラをつけ赤い振り袖を着るので、もっとそれらしく見える。見た目だけならもう一人前の禿だった。

「はい。みなさんよくしてくれますし。今日は踊りを習っているときに一之丞さんに筋がいいとほめられました」

葵は少し照れたような顔でそう答えた。

「そうか…」

華王はうなずくと微笑んだ。確かに華王から見ていても、葵はなにかと覚えがよく所作も美しい。見た目がいいうえに、先輩の玉菊や小桜にはない雰囲気も持っている。おそらくこのまま成長すれば、いい花魁になれるだろう。

「あの…花魁」

「ん?」

「ありがとうございました」

葵はいきなり礼を言うと、手をついて頭を下げた。

「なんや、どうしたんや?」

驚く華王に、葵は「花魁のおかげです」と言って、はにかむような笑顔を見せた。

「花魁のおかげで妹を売らずにすみました。それにあのお金で妹たちも家を追い出されずにすんだし、母さんも医者にかかることができました。昨日妹から手紙が来て、母さんの具合がよくなってきたって……。全部花魁のおかげです」

「そうか、それはよかったな」

思わず華王も笑顔になる。葵のことは、自分が楼主に引き合わせたこともあって、責任を感じていた。葵からそう言ってもらえば、少しでも肩の荷が軽くなったように感じる。

それでも……しかし華王は心からは笑えなかった。今はそう言って無邪気に喜んでいる葵だが、やがてこの子も客を取らねばならない身になる。男として生まれながら、男を相手に身を売らなければならない辛さを、やがて葵も味わうことになるのだ。

「……そうや、葵。若月を呼んできてくれへんか」

華王は、実際にもうすぐその辛さを味わうことになる弟分のことを思い出した。

「はい」

葵が出ていって、ほどなく若月がやってきた。

「なんですか、兄さん？」

「襖を閉めて、ここへ座り」

若月が座ると、華王は「おまえの水揚げのお相手が決まったんや」と、切り出した。

「お相手は倉田の旦那さんや。お願いしたら、こころよう承知してくださった。派手好きなうえに負けん気の強いお人やさかい、若月の突出しは思いきり豪勢にしてやると、今かららい鼻息や」

「ありがとうございます」

若月は座り直すと、深々と頭を下げた。華王は、今日はよく礼を言われる日だと苦笑しながら、

「倉田の旦那は前からおまえのことを気に入っとられたから、もしかしたら突出ししたあとも、ご贔屓《ひいき》にしてくれるかもしれん。そうなるよう、おまえも精いっぱいお仕えし。あの方

が後ろ盾になってくれたら、これほど心強いことはあらへん」

「え、でも兄さん、それでは兄さんが……。倉田様は兄さんの上客。水揚げはともかく、そのあとは…」

廓では、客は一人の敵娼《あいかた》としか床を共にすることができない。同じ遊郭の中で違う相手と寝ることは、浮気と見なされ御法度とされているのである。しかし華王は微笑みながら首を横に振った。

「ええんや。倉田の旦那さえよければ、おまえの馴染みになってもらいたいと思うてる。旦那にもいずれそう言うてお願いするつもりや」

「兄さん……わっちのためにそこまで……」

華王の上客を譲ると聞かされ、若月は言葉をつまらせた。

「気にせんでええ。それより若月、床の稽古のほうは進んでるんか？　実は倉田の旦那のお宝はかなりご立派でな…。しっかり仕込んでもろうて身体を慣らしておかんと、水揚げのときに辛い思いをすることになる」

「稽古のほうは……一之丞さんから毎日のように……。でもわっちは…できたら兄さんに稽古をつけてもらいたいと思っています」

最後のほうは小さい声で言い、若月は顔を赤らめてうつむいた。

「そうやな。突出しの日までに、わちきも一度稽古をつけてやらんとあかんな」

長年お職を張ってきた華王には、経験と技がある。華王は若月の突出しまでに、それらを伝授しておいてやらなければと思っていた。

「お願いします」

若月はまだ頬に血を上らせたまま、再び華王に頭を下げた。

それから二、三日は何事もなく平穏に過ぎた。毎日、慎一がまた訪れてきはしないかと気にかかり気鬱《きうつ》になっていた華王だったが、ようやく心が落ち着きかけてきた頃のことだ。

夕方六時になり夜見世が始まろうとしていた。見世先に吊り下げられた提灯という提灯にはすべて灯が入り、一気に見世は明るさと華やぎを増す。

楼主の清蔵が縁起棚に向かって鈴を鳴らすと、若い衆が入り口に盛り塩をし、表入り口の柱や羽目板を手の平で打ち始めた。それからあらかじめ揃えてあった下足札の紐《ひも》を手に取り高く上げると、下足札の端で廊下を数回打ってから、それを振り回すようにして廊下に扇形にまいた。

下足札の引き打ちが始まると、娼妓たちが次々に張見世に出始める。張見世というのは、通りに面した格子戸の入った部屋に娼妓たちが並び座って、客に顔見せをすることである。

しかし中見世の春夢楼では華王など上位の娼妓たちは張見世には出ない。吉原には客と遊女の間を取りもつ引手茶屋というものがあり、高級遊女と遊ぼうと思った客はまずその引手茶屋を通さないといけない仕組みになっている。だから華王は張見世に出る必要がない。

夜見世の始まりの儀式には顔を見せた華王だが、すぐにいつものように自分の本部屋へ戻ろうとした。

しかし、縁起棚の前を離れ大階段へ向かおうとする華王を、楼主の清蔵が呼び止めた。

「華王、今夜はおまえさんに仕舞いをつけた客がいるからな」

華王は、「えっ⁉」と思って振り返った。しかし次の清蔵の言葉は、もっと華王を驚かせた。

「例の紡績会社の社長さんだ。日下部様が今夜おまえを買いきってくだすった。ほかの客の相手は一切しなくていいから、ゆっくり日下部様のお相手をするんだぞ」

「そんな――」

華王の顔からサッと血の気が引く。

「親方、わちきはもう日下部様に二度と会う気はありません。お断りしてください」

華王は必死の思いで言ったが、

「そんなわけにはいかねえよ」

清蔵は眉間に皺を寄せて一蹴《いっしゅう》した。

「もう受けちまったものはしょうがねえ。それに日下部様は今夜おまえを破格の値で買いきってくださったんだ、おまえもいい実入りになるじゃねえか。ちゃんとお相手を務めてくれよ。な、華王、頼んだぜ」

「親方――」

華王は呆然として清蔵を見た。そして拳《こぶし》を握りしめた。清蔵がわざと慎一のことを隠していたと思ったからだ。

売れっ妓の華王を一晩買いきるとなると、いきなりというわけにはいかない。華王の身体を空けておくために、何日も前に引手茶屋を通じて廓に話を通しておかなければならないはずだ。しかし清蔵も一之丞も一言もそんなことを華王に言わなかった。多分、一之丞の入れ知恵だ。華王が慎一を避けているのを知っていて、清蔵に間際まで自分には慎一が来るということを伏せておくように言ったのだろう。

悔しくて、華王は口の中で呻《うめ》いた。

「三度目のご登楼《とうろう》の今日からは、日下部様は馴染みになる。あちらのご希望で今日は芸者も幇間もあげないらしいから、ゆっくり楽しんでもらいなよ」

清蔵はそれだけ言うと、内所のほうへ戻っていった。華王は張見世の奥で客寄せの三味線を弾いている一之丞を睨みつけた。一之丞は華王の視線に気づいているはずだが、すました顔で三味線をかき鳴らしている。

華王はもう一度口の中で呻くと、荒い足取りで階段を上っていった。

華王の本部屋の座敷の中は、異様な雰囲気で包まれていた。

芸者も幇間も連れずに一人で登楼《あが》ってきた慎一は、黙って華王の隣に座っている。一応台のものはとってあるが、慎一も華王も一口も口にしない。華王がそっぽを向いたまま酌もしないので、若月、玉菊の新造たちも困ったような顔をしている。禿たちも黙って華王や新造の顔を見比べている。

これではまるで通夜の席みたいだ。登楼《とうろう》した慎一を揉み手をしながら部屋へ案内してきた一之丞も、さすがにこの状況にはまいっているようだ。時折景気をつけるように、慎一や華王にわざとらしく明るい声で話しかけて盛り上げようとするのだが、当の慎一も華王も一言も口を開かないものだから、まったく話が続かない。

さすがの一之丞もこれではもう駄目だと思ったのか、まだ引けの時間にはほど遠いというのに、若い衆を呼んで台のものを下げるように指示をした。

「少しお早いですが、それではそろそろ邪魔者はおいとまして、お二人にはごゆっくり楽しんでいただきましょうかねえ」

一之丞が目で新造や禿たちに合図を送ると、皆よほどこの空気が気詰まりだったのか、ホッとしたような顔になった。

「それでは旦那様、お楽《しげ》りなんし」

「お楽りなんし」

口々に手をついてそう挨拶すると、部屋を出ていく。普通なら床入りを控えてここで客は手水《ちょうず》に立ち、華王はその間に着替えをするのだが、もちろん今夜の二人はそんなつもりではない。隣の寝室にも行かない。本座敷の床の間を背に座ったままである。

誰もいなくなって二人きりになった華王と慎一は、それでも互いに無言だった。いったいどれくらいの時間が過ぎただろう。ようやく先に口を開いたのは慎一のほうだった。

「あれからずっと考えていた……」

華王はゆっくりと慎一のほうに顔を向けた。慎一はじっと畳を見つめていた。

「この間君がどうしてあんなことを言ったのか」

「あんなこと…?」

華王が呟くように繰り返す。

「ここを出たくないと君は言っただろう。俺に迷惑をかけたくないとも、もう自分のことは忘れてくれとも言った。そう言った君の真意を、あれから俺はずっと考えていたんだ」

華王は黙って慎一の言葉を聞く。

「君がこんなところへ身を堕《お》としたのは、俺へ借金を返すためだったのかもしれない。いや、間違いなくそのためだったんだろう。俺が君を身請けするという申し出を断ったのも、また俺に負い目を負うのがいやだったからなんだろう。君の気性ならおそらくそう思うだろうことはわかる。しかし、自分のことを忘れてくれというのはどうなんだ？　もう二度と会いに来るなというのはどういうことなんだ？」

慎一はそう言うと顔を上げ、華王を見た。

「もしかして君は、あのことを気にしているんじゃないのか？」

華王は、いきなり心臓をわしづかみにされたような衝撃を受けた。慎一ははっきりとした言葉では言わなかったが、しかし華王には慎一がなにを指して言っているのか即座にわかった。

「吉原に京なまりのある笛の上手な『かおう』という男花魁がいると聞いて、俺はすぐに吉原細見を取り寄せた。その『かおう』の名は『華王』と書くのだと知って、俺は驚いたよ。そしてもしやと思ってきてみたら、やはり華王は、冬弥、君だった」

華王は慎一の視線がいたたまれず、顔を背けた。

「君が華絵さんの名と同じ字を源氏名にしていると知って、思ったんだ。君はあれからずっと華絵さんのことを背負っているんじゃないのか？」

姉の名を聞かされて、華王は再び心臓を握りつぶされるような痛みを感じた。

「それは……それはたまたまのこと。華王というのは、親方がつけてくれた名でありんす」

顔を背けたまま、できるだけ平静を装って答えた華王だったが、

「親方に聞いたよ」

慎一の言葉に、思わず振り返る。

「華王の名の由来を親方に聞いてみたんだ。確かに親方は自分がつけたと言っていた。しかしそのときは『花』という字を当てていたとも言っていたよ。吉原の花魁たちを花にたとえて、その吉原で咲く花の中の王になれという意味だったらしいな。その名を『華』の字に変えてくれと言ったのは、冬弥、君自身だったというじゃないか」

華王は返す言葉をなくして唇を噛んだ。

「もし君が華絵さんのことを気にして、俺の元へ帰れないというのなら、それは君の思い違いだ。あのことは君にはなんの責任もないことだ。もし誰かに責任があるというのなら、それは俺だ。華絵さんの本心を知らずに結婚を決めてしまった俺の責任だ」

慎一はそう言うと、重い吐息をついた。

「好きな男がいながら、俺に嫁がなければならないようにしてしまった。知らなかったとはいえ、なんてひどいことをしてしまったんだろうと思う。親が残した借金を肩代わりして、そのあとで求婚すれば、どんなにいやな相手だって断れるはずがないじゃないか。俺はそのことに気づかなかった。華絵さんにほかに好きな男がいたなんて思いもしなかった…」

違う！　と華王は心の中で叫んだ。しかしその言葉を、慎一の前で口に出す勇気はなかった。

「華絵さんがその男と心中したと知ったとき、俺は自分のうかつさを呪《のろ》ったよ。しかしいくら後悔しても、もう遅い。華絵さんは……君の姉さんはもう、帰ってこない」

慎一はそう言うと、うなだれるように顔を伏せた。慎一の膝の上で強く握りしめられた拳が血の気を失って震えていた。華王はその手を、呆然として見ていた。

そうか……慎一も自分と同じだ、と華王は思った。

華絵の死を背負ったまま生きている。一生許されることのない罪の意識を背負ったまま生きている。いつも胸の中に重い鉛を呑み込んだまま。

ああ…自分と同じだ。

そう思った途端、華王の目の前に、不意にあの日の光景がよみがえった。

赤い、赤い、血の海。その中に横たわる男と女。いくら名を呼んでも、もう応《こた》えてくれない、冷たい死体。

(姉さん……！)

思わず華王は口を押さえた。

崩れ落ちそうになる身体を、片手をついて支える。

ああ、今すぐに髪からかんざしを引き抜き、それで自分ののどを突き破ることができたら、いったいどれほど楽だろう。背負っているものを全部投げ捨てて、この世から逃げてしまえれば、いったいどれほど幸せだろう。

「冬弥……」

慎一が華王を呼んだ。

「頼む。ここを出てくれ。そして俺に償いをさせてくれ。華絵さんをあんな目に遭わせて、そのうえ君までもこんな苦界に堕としてしまった。俺のせいだ。全部、俺のせいだ」

「…償いなど……そんなこと…日下部様にしていただく必要はありいせん」

華王はゆっくりと首を振った。償いをするのは自分だ。本当の罪を背負っているのは自分一人だ。

「それを言うなら、わちきら姉弟《きょうだい》こそ日下部様のお顔とお名に泥を塗ってしまいんした。お詫びするのはわちきのほうでありんす。…もう……もうどうぞ姉のこともわちきのことも、忘れてくんなんし」

それだけ言うと、華王は立ち上がり、逃げるように次の間の寝室に駆け込んだ。あとを追って立ち上がってきた慎一の鼻先で襖をぴしゃりと締めきり、

「入らんといておくんなんし！」

そう叫ぶと、自分は五ツ布団の上に突っ伏した。豪奢《ごうしや》な緞子の布団の生地に、みるみる華王の涙がにじんでゆく。

慎一は華王の寝室には入ってこなかった。しかし閉じた襖の向こうに、慎一が立っている気配が確かに感じられた。

自分と同じ罪と悔恨を背負っている男……。

（慎一さん――）

胸の中で慎一の名を呼ぶと、華王は自分の涙がにじんだ赤い布を握りしめた。

まだ冬弥だった頃の華王が、初めて慎一に出会ったのは、十歳のときだった。

冬弥の生まれた藤代家は、代々笛を世襲している公家の家柄で、華族の列に名を加えられていた。しかしこの時代、華族様だからといって、かすみを食べて生きていくわけにもいかない。そこで冬弥の父親は同じ華族の仲間と資金を出し合って会社を興し、実業家として家族を養っていた。

日下部慎一は、その冬弥の父が取引している会社の社長の息子だった。

冬弥はいまだに初めての出会いを覚えている。

あの年はひときわ暑い夏だった。神奈川県にある海近くの日下部家の別荘で、冬弥は慎一に出会ったのだ。

おそらく慎一の父親に招待を受けたのだろう。冬弥は京都にある実家から父に連れられて日下部家の別荘を訪れた。美しい松林の中に広い庭を持つ豪華な邸宅が点在する中でも、日下部家の別荘はひときわ大きく立派だった。父親は二、三日で仕事に戻らなければならないが、冬弥は夏休みの間の二週間を、その別荘で過ごすことになっていた。

「慎一君だよ」

洋風の居間でそう紹介された少年は冬弥よりも七つ年上で、少し粗野な感じがする、陽に焼けた肌と精悍な顔つきが印象的な少年だった。

「よろしく」

慎一は一応そう挨拶はしてくれた。しかしあまり笑いもせず素っ気ない態度で、すぐに部屋を出ていってしまった。最初冬弥はそんな慎一の態度を、自分があまりに年が離れていて、慎一の遊び相手にはもの足らないせいだと思っていたのだが、すぐにそれは自分の思い違いだと気づかされることになる。

日下部家の別荘には、冬弥だけでなくほかにも二人の少年が滞在していた。二人とも中学生で、冬弥と同じように日下部家から招待を受けて遊びにきているようだった。それに近くの別荘にいるらしい慎一の学習院の同級生たちも何人か、慎一のところによく出入りしていた。年齢からしたら、彼らは慎一の格好の遊び仲間のはずだが、ところが当の慎一は彼らに対しても素っ気なかったのだ。

別に嫌っているというふうでもない。しかしなんとなく慎一は彼らに心を開いていない……子供心にそう感じたのを冬弥は覚えている。一番そんなふうに感じるのは、海に遊びに行ったときだ。慎一の別荘から歩いていける距離に、広い砂浜の広がる海水浴場があって、冬弥を含む少年たちは毎日のようにその海水浴場に泳ぎに行っていた。

ところが、慎一はたいがいその仲間たちとは少し離れて泳ぐ。一人でいるのが好きなのか、いつも皆と離れて黙々と泳いでいるか、それとも砂浜で寝そべっているかのどちらかだったのだ。

しかし、冬弥自身もその遊び仲間の中に馴染んでいたかというと、そうではなかった。なんといっても彼らは冬弥よりも年上だったので、向こうからはあまり冬弥にかまってこなかったし、それに冬弥も何日か一緒に過ごすうちに、彼らの間に序列のようなものがあることに気づき始めたからである。

慎一の周りにいる少年たちは皆例外なく華族の子弟だった。ただし華族と一言に言っても、それぞれの家の爵位もさまざまだったし、華族になる前の家の格もさまざまだ。冬弥の家のように公家から爵位を得た家もあれば、大名格の家もあり、また元は平民だったが国家への勲功を理由に華族とされた家もあった。

家の格は微妙に少年たちの間に序列を作り、陰で妬《ねた》みや侮蔑《ぶべつ》の言葉を生むことになる。そういう内情を知るにつれ、冬弥は彼らの中にいることがわずらわしくなっていった。

もしかしたら、慎一が彼らに心を開かない理由も同じなのかもしれない……冬弥は漠然とそう思っていたが、その想像が正しかったことをやがて知ることになる。

「彼は平民なんだぜ」

慎一のいないところで、冬弥にそう耳打ちした少年がいた。

「ああ、昔父親が米相場で大もうけして、その金で紡績工場を買ったらしい。今はかなり大きな紡績会社になって金はうなるほど持っているが、爵位は持ってない。僕たちとは違うのさ」

「平民？」

冬弥にそう言った少年は勲功華族の男爵家の息子で、仲間内の序列では一番下にいる少年だった。少年はまるで慎一を蔑《さげす》むことで、自分の価値を上げられると思っているかのようだった。冬弥はそれがとても不愉快に感じた。

「そう」

だから、なるだけ興味なさそうに答えたのだ。冬弥の反応が自分の期待どおりではなかったからか、それ以上少年は慎一を貶《おとし》めるようなことは言わなかったが、冬弥はこの一件があってから、逆に慎一に親しみを感じるようになった。

華族であろうが平民であろうが、子供の冬弥には関係ない。そんなことで陰であれこれ悪口を言い合う少年たちよりも、彼らと距離を置いて自然体で過ごしている慎一のほうがよっぽど上等な人間に見える。そう思ったのだ。

そんなときにあの出来事が起こった……。

――目の前に真っ青な海が広がっている。白い波がはじけ、真夏の太陽に反射した水粒がきらきらときらめいている。

その日も冬弥は慎一の仲間たちと一緒に海にきていた。慎一はたまたま用事があるとかで、一緒には来ていなかった。少年たちは海に着くと、板子《いたご》と呼ばれるまな板を大きくしたような板きれの上に身体を乗せ、波の上を漂う遊びに興じ始めた。

あまり泳ぎが得意でない冬弥は、深いところで泳ぐことも、板子に乗って波間を漂うことも怖くてできなかった。だからいつも波打ち際で遊んでばかりいた。

この日もそうだった。波打ち際に座ったり寝そべったりして、寄せては返す波の動きと、波が行き来するたびに肌の下で動く砂のこそばゆいような感触を楽しんでいたのだ。しかしもうここに来て何日も過ぎている。さすがに冬弥も海に慣れてきたし、波打ち際の遊びにも飽きてきた。そんな気持ちが、ふと冬弥を海の中へ誘い込んだ。少し深いところまで行ってみようと思ったのだ。

来る波に逆らって、懸命に足を押し出しながら沖に向かって歩いていくと、だんだんと深くなっていく。腰の上まで浸かるほどのところまで行くと、しかし波の抵抗はかえって少なくなったような気がした。それに調子づいた冬弥は、ますます深みへと足を進めた。水が胸のあたりにくる。波が寄せるたび、身体がふいっと浮いておもしろい。思っていたほど海は怖くない。そう感じると、冬弥の足はなおも沖へと向かった。

水が顎の下まで来たところで、やっと冬弥は足を止めた。波が来て、身体が浮く瞬間に合わせて足先で海底を蹴る。すると波と同じ調子で冬弥の身体が持ち上げられ、まるで波に漂う水鳥のように、波の上に頭を出してゆらゆらと漂うことができた。初めて体験するその遊びに、冬弥は夢中になった。おもしろくてたまらない。自分が波の一部になったようだ。

何度も何度も繰り返す。そばには誰もいず、それがかえって冬弥をその遊びに没頭させることになった。何十回、波と一緒に戯れただろう。だんだんと海の底を蹴る足が疲れてきていたことに、冬弥は気づきもせず、相変わらずひとつ波に乗っては次の波を待った。

しかし次に来た波は、今までのどの波よりも大きかった。冬弥はそれでも同じようにやり過ごせると甘く見ていた。さっきまでと同じように、波が来る瞬間、海底を思いきり蹴る。

波は大きく冬弥の身体を持ち上げ……るはずだった。

しかしそのときだけは違った。冬弥の身体は持ち上がったと思った瞬間に波にのまれ、水中に巻き込まれたのだ。

水の中で揉まれるように冬弥の身体が回転する。天地も左右もわからない。ごぶごぶという水の音が耳の中へ入ってくる。冬弥は必死でもがいた。手足をばたつかせ、どうにか水の上に顔を出そうと暴れる。しかし顔が出るどころか、逆に水の中へと引き込まれる。足をがむしゃらに動かして、海底を探す。だがいったいどうなったのか、足はまったく底に触れない。

冬弥は焦った。

息が続かない。苦しい。いくら身体を動かしても、まったく顔を水面に出すことができない。苦しさに顔が歪む。

溺《おぼ》れる！　ああ、これが溺れるというものか――

自分はこのまま海で死んでしまうのか――

口の中に水が入り、気が遠くなる。もうだめだ！

そう思った瞬間、不意に冬弥の身体が強い力で引き上げられた。突然顔の周りから不快な水の重みが消え、フウッと空気が肺の中に入ってきた。

海水と涙でにじんだ目を開けると、たくましい少年の焼けた胸が見える。冬弥の身体は、その少年の腕にしっかりと抱きかかえられていた。

「大丈夫か？」

声が聞こえた。その声で、冬弥はようやく自分を抱きかかえているのが慎一だと気づいた。

見上げると、慎一が心配そうな顔で自分を見下ろしていた。冬弥は助かった安堵で思わず慎一の首に腕を回すと、思いきり抱きついて泣きだしてしまった。

泣きじゃくる冬弥の背中を、慎一がしっかりと抱き返してくれる。

「大丈夫だ、もう大丈夫だから」

取り乱している冬弥をなだめるように、そう何度も繰り返してくれる。その慎一の低い声が、胸を伝わって、冬弥の身体に直接響く。

怖かったけれど、まだ苦しかったけれど、冬弥の身体に響く慎一の声は、なぜかとても心地よかった。冬弥はまるで甘えるみたいに、いつまでも慎一に抱きついて泣いていた。


別荘に帰るなり、慎一はほかの少年たちに怒った。どうして幼い冬弥を見ていてやらなかったのか。もしあのまま溺れていたらどうなっていたのか。いつも寡黙な慎一が、その日は珍しく大きな声を出した。

冬弥は困惑しながらその成り行きを見ていたのだが、彼らのやり取りを聞いて知ったことがあった。どうやら、慎一は一人で好き勝手に単独行動をとっていたと思っていたのだが、そうではなかったらしいことだ。一人、集団から離れて泳いでいたときも、海辺で寝そべっていたときも、いつも慎一は一番年の小さい冬弥の行動を見守っていてくれたらしいのだ。

しかしたまたまこの日は用があって、慎一は一緒に海には行けなかった。だから事前にほかの少年たちに、自分が行くまで冬弥のことを見ていてやってくれと頼んでいたらしい。それがあんなことになったものだから、慎一は本気で少年たちに怒っていた。

慎一に怒られた少年たちは、ばつが悪そうな、それでいて文句を言いたそうな顔をしていたが、面と向かって反論はしなかった。その代わり二、三日すると、海はもう飽きたからと言って、次々に東京に帰ったり、あるいは軽井沢の別荘へと移動していった。

それを見て、冬弥は申し訳なく思った。あれは自分が悪いのであって、彼らのせいではない。なのに自分が溺れかけたばかりに、慎一と友人たちとの関係を険悪なものにしてしまった。そのことが申し訳なく、冬弥自身も慎一の別荘に居づらくなった。しかし、父親が迎えにくるまでにはまだ数日ある。

少年たちがみんないなくなったあと、冬弥はいたたまれず、慎一に謝りに行った。

その日慎一は、庭から松林を見ながら絵を描いていた。あの溺れかけた事件以来、冬弥も慎一も海には行かないようになっていた。

「僕のせいで、ごめんなさい…」

椅子《いす》に座って熱心に鉛筆を走らせている慎一の背中に声をかけると、振り返った慎一は、

「なにを謝っているんだ?」

と、首を傾《かし》げた。

「……僕のせいで……僕が溺れたせいで、みんな帰ってしもたから……ごめんなさい…」

どうにかそう言って、頭を下げた冬弥に、慎一は「なんだ、そんなことか」と言って、白い歯を見せた。

「いいよ、気にしなくて。彼らが早くいなくなってくれて、俺はせいせいしてるんだから」

慎一は、少年たちがいたときと打って変わって明るい笑顔でそう言った。

「どうも俺は、『華族様』という連中が苦手でね…。あいつらといると気詰まりでしょうが

なかった」

　言ってから慎一は、「ああ、ごめん。君も伯爵家のご令息だったんだね」とつけ加えて苦笑した。

　冬弥はどう答えていいかわからず、思わず家での会話を打ち明けてしまった。

「でも母様も姉様も、爵位なんていらんて言うてる。体面ばっかりとりつくろわなあかんのに、家の中は火の車やて…」

　そこまで言うと、慎一は吹き出した。そしてしげしげと冬弥を見て、

「おもしろい子だな、君は」

　そう言った。冬弥はなにか自分が言ってはいけないことを言ったのかと思って真っ赤になった。そんな冬弥におかまいなく、慎一は言葉を続けた。

「君のお母さんやお姉さんがいらないと思う爵位を、のどから手が出るほど欲しい人間もいるんだよ。うちの父がそうさ。だから俺を華族の子が行く学校へ通わせたり、彼らや君のように華族様の家の子を俺の友人にさせようとする。俺にはいい迷惑だ」

「迷惑……?」

　慎一の言葉に冬弥が眉をくもらせたのを見て、

「ああ、ごめん、君のことじゃない。彼らのことだよ。家の格を人の格だと勘違いしている、ああいう連中のことさ」

そう言った。冬弥はそれを聞いて、慎一が自分の想像どおりの人間だったことを知った。

「君はまだ帰らずにいてくれるんだろう?」

不意にそう問われて、冬弥は当惑した。

「うん……日曜にならへんと父さまが迎えにきてくれへん……」

「そうか、まだ五日もあるな。それじゃあ、それまで俺が相手をしてあげるよ。君とはいい友人になれそうだから。……あ、いや、兄弟かな? 年が離れすぎているからね。俺は兄弟がいないから、君のことを弟だと思うようにするよ」

そう言うと、慎一はまた白い歯を見せて笑った。それはあの少年たちがいたときには絶対に見られなかった笑顔だった。冬弥は自分が慎一にとって特別な存在になったような気がして、なんだかとても嬉しかった。

言葉どおり、慎一はそれから毎日、年下の冬弥をなにくれと構ってくれた。朝は勉強を見てくれたし、昼は釣りに連れていってくれ、夜は星座の名を教えてくれたりした。ついこの間までの素っ気なさが嘘のように、慎一は親密に接してくれた。しかし冬弥はこちらの慎一が本当の彼なのだろうと感じていた。あの華族の息子たちがいたときは、慎一は見えない殻をかぶっていたのだ。もしかしたら彼らには素の自分を見せたくなかったのかもしれない。

結局、冬弥は父親が迎えにくるまで、慎一の元で今まで経験したことがないほど楽しい夏休みを過ごすことができた。

そしてそれからは毎年、冬弥は夏を慎一の別荘で過ごすのが恒例となった。

………夢を見ていた。

いつの間にか華王は泣きながら自分の夜具の上で眠ってしまっていたらしい。

夢はあの夏の別荘で過ごした子供時代のものばかりだった。目覚めたあとも幸福の余韻が残っていて、華王はしばらく何枚も重ねられたふかふかの布団の上が、あの夏の海のように錯覚していた。

手の平に、まだ夢の中の感触が生々しく残っている。海の中で触れた慎一のたくましい胸。

子供時代の自分は、またあんなふうに慎一に抱きしめてもらいたくて、何度かわざと深みへ行って溺れる振りをしたことがある。今思うと、なんと馬鹿なことを…と呆れてしまう。しかしあの頃は実際に、いつも溺れそうになったときは慎一が助けてくれたのだ。そして慎一に抱き上げられた自分は、待っていたように慎一の首に力いっぱい抱きつく。すると慎一は必ず強く抱き返してくれた。そのときの自分は、言葉にできないほどの恍惚感と幸福感を感じたものだ。

その幸福感と夢の中の感触が生々しければ生々しいほど、華王は目覚めたことを後悔した。

慎一の夢を見たあとはいつもそうだ。いくら夢の中では幸福でも、目覚めたあとの現実の自分は、背負いきれない荷物を背負《しょ》って、苦界に沈む男娼妓だった。

今も華王は、意識が明確になればなるほど、心は深い暗闇へと沈んでいく。そんな重い心を抱えたまま、のろのろと身体を起こし、時計を見る。もう十時を過ぎていた。

そうだ、慎一はどうしたのだろう…?

華王は手早く身繕いをすますと、座敷と寝室を隔てている襖を開けた。しかしそこにいたのは慎一ではなく、禿の葵だった。

「おはようございます」

襖の陰に座っていた葵は、華王を見ると待っていたように頭を下げた。

「日下部様はどないした?」

「朝早くにお帰りになられました」

「帰った…?」

「はい。花魁に、また来ると伝えておいて欲しいと言われました」

華王はため息をついた。慎一はまだ自分をあきらめてくれないのか……。

「…あの……花魁……お風呂はどうなさいますか…?」

葵が見上げながら訊く。華王は、

「あとで入る」

不機嫌そうな顔でそれだけ言うと、再び寝室へと戻った。

風呂から上がり、鏡台の前でぼんやりしていた華王のところへ、いそいそと一之丞がやってきた。

「花魁、首尾はどうでした？」

にやにや笑いながら一之丞が華王の顔をのぞき込むように見る。

「花魁が起きてこられないなんて、昨夜はよほどお楽りだったとみえる」

華王は返事をしなかった。正直になにもなかったと言えば、どうせまたいろいろ説教されるに決まっている。

「日下部様が、花魁が疲れてよく眠っておられるとおっしゃったんで、お見送りは若月を名代にしておきましたよ」

「………」

「しかしなにはともあれ、よかった、よかった。一時はどうなるかと思いましたが、これでまた上客が増えましたね。日下部様はよほど花魁が気に入られたみたいですよ。また近いうちにご登楼《とうろう》されるとおっしゃってくださいました」

今度はもう華王はなにも言わなかった。慎一を二度と登楼《あげ》ないで欲しいと頼んでも、一之丞も親方も聞いてくれるはずがないのがわかっているからだ。それなら慎一があきらめてくれるまで根比べするしかない。

華王が不機嫌そうに口をきかないので、一之丞は首をすくめ、早々に引き上げていった。入れ替わるように、若月が「兄さん、いいですか?」と言って部屋に入ってきた。

「…ああ、若月か。今朝《けさ》はわちきの代わりに日下部様をお見送りしてくれたらしいな。おおきに」

ねぎらうと、若月は「いいえ」と言って、華王のそばに座った。

「兄さん…」

「ん? なんや?」

改まったように若月が話しかけるので、華王は鏡台から若月のほうへと向き直った。

「昨日のお客様のことですけど……」

「日下部様のことか?」

「…はい」

若月は返事をしたものの、迷うような素振りであとの言葉を続けない。華王が促すように若月を見ると、若月はようやく口を開いた。

「あの……兄さん……あの人は兄さんの、いい人なんですか?」

予想もしなかった言葉に、華王は目を瞬いた。

「なにを言うかと思うたら……どういう意味や？　若月」

訊き返すと、若月は頬を赤らめながら、

「あまりにお二人の様子が変だったから、もしやと思って…」

消え入るような声でそう言った。華王はしばらく考えて、

「そんなお人やない。…そうやないけど……わちきにとっては、忘れられへん人であることには違いない。ええ意味でも、悪い意味でもや…」

そう答えた。

「兄さん……？」

よほど華王の声が沈んでいたのか、若月が心配そうな目で見る。

「若月」

華王は慎一の話をそこまでとするように、顔を上げると声の調子を変えた。

「今、時間があるか？」

「はい」

「そしたらこれから奥の間で、わちきがちょっと稽古をつけてやろうか？」

若月が「え？」という顔で華王を見返し、そして華王の言葉の意味を理解すると、すぐに顔に血を上らせた。

「……はい」

恥ずかしそうにうなずく。

華王は先に立ち上がると、奥の間に続く襖を開けた。

春夢楼のお職である華王の本部屋は三間続きの部屋である。床の間つきの十二畳の座敷に続いて寝室である八畳の次の間があり、その奥にさらに箪笥《たんす》などを置いてある六畳の部屋があった。

華王はその奥の間に入ると、隅に積んであった布団を敷いた。

「襖を閉めて、こっちへ来《き》い」

若月は部屋の入り口で足を止めていたが、華王に促されると、おずおずと部屋の中へ入ってきた。襖を閉めると、小さな窓が一つあるだけの奥の間は、急に薄暗くなった。

風呂上がりでまだ長襦袢姿だった華王は、伊達《だて》巻きを取ると、長襦袢を羽織ったまま布団の上に横たわる。

「おいで、若月」

手を差しのべると、ためらう素振りを見せていた若月も覚悟を決めたのか、着物を脱ぎ長襦袢姿になって華王の隣に身体を横たえた。

「わちきの技を教えておいてやるから、よう覚えとき」

華王の言葉に、若月が神妙な顔でうなずく。

華王は若月の緊張を解きほぐすように、そっと長襦袢の合わせ目から手を差し入れた。羽のような軽さで、若月の胸を撫でる。首筋や脇にも手の平をすべらせながら、時折乳首を指先でこすってやる。若月の小さな乳首はそれだけですぐに硬くなり、ぴんと立ち上がった。

若月の長襦袢をそっと脱がす。露《あら》わになった胸の蕾《つぼみ》に、華王は唇をつけた。

「あ……」

若月が声を漏らす。華王の唇は若月の乳輪を軽く挟むようにしながら、濡《ぬ》れた舌先で硬い蕾をこねるようにつつく。

「あ……兄さ…ん……」

まだ十六歳の若月のしなやかな身体が、華王の下でなまめかしくくねる。華王の舌は執拗《しつよう》に若月の乳首を責めたあと、今度は首筋やのどや耳の下を這い始めた。若月はますます身体をくねらせ、息を弾ませていく。

華王が若月の首筋をやさしく噛みながら肌を吸い上げると、若月はたまりかねたように、「ひっ」と息を吸い込んでのけぞった。

のけぞった若月の頭を手で支えると、若月も風呂上がりだったのか、まだ湿っている髪が指にまといついた。その髪ごと、若月の頭を引き寄せる。唇を若月の半開きの唇に寄せてゆく。ゆっくりと唇だけで触れたあと、そろそろと舌を差し入れ、若月の口中を舐《な》め回す。若月の舌を探り当てて柔らかく吸ってやると、不意に若月が華王の舌を吸い返してきた。

「ん……」

がむしゃらに吸いついてくる若月に、彼の気がすむまで華王は応えてやった。

やっと若月が唇を離して息を継ぐと、華王は今度は唇を下へと下ろしてゆく。胸を行きすぎ、みぞおちから臍《へそ》のあたりで舌を遊ばせる。そうしながら、唾液《だえき》で濡らした右手の指で胸の蕾をやさしく揉んでやる。

「……ん……ふ……うっ……」

若月は身悶《みもだ》えるように身体を波打たせ、切ない声を漏らした。

「若月、人はそれぞれ気持ちええと感じるツボが違う。そこを探し出して責めなあかんのや」

華王はそう囁くと、若月が一番声を漏らした脇腹を甘く噛んだ。

「はっ……！」

若月の身体がいっそう強く跳ね上がる。その拍子に、華王の腕に若月の硬くなった肉柱が当たった。華王は右手で乳首を、唇で脇腹を責めながら、左手を若月の肉柱へと伸ばした。

根本から撫でるようにさすり上げる。普段はまだ少年のおもかげを残している若月の肉柱は、もう一人前の男のように硬くそそり立ち、亀頭《きとう》をのぞかせていた。そっと指でその亀頭の先に触れると、しとどにあふれた露が華王の指を濡らす。

「ああ……あ…」

軽く触れただけなのに、それだけでもう若月は身体を震わせる。

「まだ気をやったらあかん」

すかさず華王が叱るように言う。

「…だけど……だけど、兄さん……」

若月が苦しそうに呻いた。若いだけに我慢がきかないのだろう。しかしそれでは商売にならない。華王は若月の肉柱をきゅっと強く握りしめると、

「大きゅうはしても、漏らしてはあかん。辛抱するんや」

厳しい声でそう言いつけた。

「…は……はい………」

若月が歯を食いしばりながら答える。華王はゆっくりと肉柱を握った手を動かし始めた。

「あ……ああっ……！」

まだ何度もこすっていないのに、若月がこらえきれないというように悲鳴をあげ、身体をよじる。これでは稽古にならない。

「しゃあない。若月、辛抱でけへんのやったら、いっぺん出してしまい」

華王は若月をこする手を早めた。

「ああっ！　………兄さんっ！」

若月はあっという間に達してしまった。肉柱の先から勢いよく飛び出る精を、華王は手の平で受け止める。

若月はのけぞったままびくびくと何度か身体を痙攣《けいれん》させたあと、ぐったりと力の抜けた身

体になり、荒い息をした。その若月の濡れた肉柱を、おもむろに華王は口に含んだ。

「あっ――」

若月が驚いて上半身を起こす。かまわず華王は、若月の肉柱を伝う若い樹液を舌で舐め上げた。

「兄さん……そんな……」

若月がうろたえる。

「若月、おまえはじっとしてたらええ。わちきがすることを感じ取ったらええんや。どこをどういうふうにされたら気持ちええか、自分の身体で覚えるんや」

そう言うと華王は、自分の持てる技のすべてを出し尽くすように、若月の肉柱にあらゆる舌技を加え始めた。

蟻《あり》の戸渡りから肉柱の裏の筋を、何度も舌で行き来する。ときどきは袋も口に含み、口中でやわやわと吸ってやる。それだけのことで若月の肉柱はすぐに、達する前と同じくらいに硬くなった。

肉柱の胴を甘噛みしながら、先のほうへと唇を移してゆく。亀頭のところまでくると、まだ広がりきらない、かすかに幼さの残る傘の下のくびれを、舌でぐるりとなぞってやる。

「う……く………ッ」

食いしばる若月の歯の間から呻きが漏れる。華王は念入りにそこを責めたあと、やっと舌

を亀頭の先に伸ばした。鈴口の割れ目に細くとがらせた舌先を押し込む。めいっぱい押し込んだらすぐにまた引く。それを何度も繰り返し、時折舌で亀頭を撫で回す。すると若月の鈴口から、すぐに露があふれ出した。

「……あ………はあっ………兄…さん………兄さん……」

若月は上半身を起こしたまま華王の髪に手を差し込むと、痛いほどその髪を握りしめた。

「ああ……だめだ、兄さん……また出てしまう……また…また……気をやってしまうっ…」

本当にこのままだとまた若月ははじけさせてしまいそうだ。華王は若月の肉柱から口を離すと、身体を起こした。

「若月、これを見てみ」

ハァハァと荒い息をつきながら、後ろ手に手をついて座り込んでいる若月が、華王のほうを見る。華王は握っていた手を開くと、さっき手の平で受け取った若月の精を見せた。

「客の漏らしたものも無駄にしたらあかん。こうやってこっそり取っておいて、あとで使う手もあるんや」

乱れた髪を顔に張りつかせたまま、若月が怪訝そうに自分の放ったものに視線をやる。

「客はわちきらも漏らしてしまうと喜ぶ。そやけど、わちきらのほうは客と床をつけるたびに漏らしていたんでは身体がもたへん。そうやろ？　一晩に何人もお相手をするんや。そう何度も出していたんでは干からびてしまう」

華王は冗談めかしてそう言うと、

「そやからこれを使うんや」

と言って、若月の目の前に、もう一度白い液体を溜《た》めた手の平を差し出した。

「わちきらは、自分のものを大きゅうすんのも小さすんのも自由自在にできんとあかん。客が気をやるときには自分も気をやる振りをつける。そやけど女と違うて、わちきら男は、振りをつけるだけでは客を騙《だま》せん。そんなときにこれを使うんや」

「……自分が漏らしたもののように見せるんですか？」

「そうや。もしうまく客の精をとっておくことができんかったら、そのときは白う炊いたふのりを使う。それから……」

華王は布団の上に仰向《あおむ》けに寝た。そして若月の精を溜めた手を、自分の腰の後ろに持っていった。

「…さあ、若月………来てみ……」

空いているほうの手で、そっと若月を手招く。若月は華王に魅入られたように、華王の上に身体を重ねてきた。

「そう、そのまま、わちきの足の間に腰を入れて……おまえが客の代わりになるんや…」

華王に導かれるまま、若月は腰を沈めると、「うっ…」と呻いた。

「…どうや？」

華王が訊くと、若月は

「…ああ………兄さん、いいっ…」

喘《あえ》ぐように息を吐いた。

「そうか……そしたら自分の思うように動いたらええ」

華王はそう言うと、ゆっくりと腰を揺すり始めた。若月はその動きに誘われて、最初ぎこちなく、しかしやがて激しく腰を使い始めた。

「…兄さん………兄さんっ………!」

華王の股に激しく腰を打ちつけながら、若月が華王の耳元で喘ぐ。

若月にえらそうなことを言っておきながら、困ったことに実は華工もきざしていた。そんなつもりはなかったのに、若月の腹の下で、自分の肉柱も猛《たけ》ってきている。

「…あ………はぁ………」

自分の吐息が熱を帯びているのがわかる。

どうして、こんな………と、華王は戸惑った。自分の身体の抑制は自分でできるはずだった。今では客にどんなことをされても、自分を失わない自信がある。なのにどうして……。まして客相手ではなく、弟分の若月を仕込んでいる最中にきざしてしまうなど。

思わず自分を羞《は》じてしまった華王は、ふと、あることに思い当たった。

(そうや、あの夢のせいや…)

慎一に会ったから、そしてあの夢を見たからだ——。

華王は自分の業の深さにおののいた。

子供の頃、海の中でたくましい慎一の胸に抱かれるたび、華王はなんともいえない心地よさを感じた。うずうずと身の内からなにかがわいてきそうな、もどかしいような悦《よろこ》びを感じていたのだ。あれが自分の性の目覚めだったことに、子供の頃の自分は気づいていなかった。

しかし今、あの頃の夢を見たあとでこんなに激しくきざしている自分を見ると、自分は幼い頃からこんな性癖を持っていたのだと思い知らされる。

華王は懸命に自分を抑えて、のぼりつめそうになるのをこらえた。

「ああ……兄さん……兄さんっ……」

若月の動きが早まる。耳元に吹きつけられる息がいっそう荒々しくなる。

「若月、かまへん。もう…もう、いったらええ」

華王が言うなり、

「兄さんッ！」

若月が華王を抱きしめて硬直した。

「あぁッ……出るっ！」

若月の肉柱から、また若い精が何度も何度も撃ち出される。

若月は最後の精が撃ち出されたあとも、しばらく動けなかった。荒い息をつく若月の早鐘のような鼓動が、華王の胸にも響いている。

華王は若月が動けるようになるまで、じっと待ってやった。

やがて若月は身体を起こすと、改めて華王と目を合わし、そして途端に顔に血を上らせると華王の上から飛び退いた。

「す、すみません、兄さん。かんにんしてください――」

布団の上に手をつく若月に、華王は微笑みながら訊いた。

「わちきの味はどうやった?」

若月の顔がますます赤く染まる。

華王も身を起こすと、笑いながら若月の目の前に手を差し出した。きょとんとする若月に手の平を開いてみせる。

「あっ…!」

若月が驚いたような声をあげる。華王の手の平には、最初よりもずっと多い若月の精が溜まっていた。

「なにも菊門ばかりを使うことはあらへん。こういう技も使えば少しでも身体が休まる。うまくやれば客には絶対気づかれへん。若月も気づかんかったやろ?」

それは手の平と自分の股の内側を使って筒を作り、相手にまるで花壺に納めているのと同じように感じさせる技だった。実際に若月にどうやるか教えてやると、若月は、感心したような、それでいて残念なようなため息をついた。

「わっちはてっきり兄さんの中にいるものと思ってました…」

「そう思わせるのが、わちきら男娼妓の腕や。おまえも突出しをしたあとは、いろんな客の相手をせなあかんようになる。辛いことも多いが、我慢して務めなあかん」

そう言い聞かせるように言うと、若月は、

「本当にわっちに殿方の相手が務まるでしょうか……」

暗い表情になった。

「大丈夫や。今、ちゃんと務まったやないか」

若月を元気づけるように華王が笑うと、

「……それは相手が兄さんやったから…」

若月が呟くように言った。

「兄さん……」

若月は顔を上げると、思いつめたような目で華王を見据えた。

「…聞いてください……兄さん、わっちは兄さんのことが――」

「若月」

華王は若月の言葉を途中で遮った。

「それ以上、言うたらあかん」

「兄さん――」

若月はなおも言いつのろうとしたが、華王は静かに首を横に振った。

「同じ廓の中で働く者同士でそういうことは言うたらあかん。御法度や」

若月はハッとしたような顔で華王を見つめ返したあと、悲しそうにうなだれた。そんな若月を見て、華王は胸が痛んだ。

若月が自分を慕っていることには気づいていた。この廓に来た幼い頃から、若月は華王になついて、華王ばかりを見て追っていた。その視線の中に、いつの間にか切ない色が混じり始めていたことにも、華王はなんとなく気づいていた。

まるで自分のようだと、華王は思った。慎一を兄のように慕ううちに、いつの間にか違う想いを重ね始めていた。若月はそんな自分のようだ……。

「……兄さん…それなら……それならせめて…」

若月は顔を上げると、すがるような目で華王を見た。

「それならせめて……客に抱かれるときに、兄さんのことを思い浮かべていいですか?」

「若月……」

「わっちは目をつぶって、兄さんの顔を思い浮かべる。兄さんが相手だと信じ込む。そうしたらどんな客が相手でも、わっちは喜んで抱かれることができます」

華王はうなずいてやるしかなかった。

自分を思うことで若月の苦痛が和らぐなら…。そんな哀しい方法でも、自分を慰めることができるのなら……。

華王は若月の一途な気持ちが、嬉しくもあり、切なくもあった。

慎一の再登楼《とうろう》は、それから三日ほどたってからだった。またこの間のように、慎一は華王に仕舞いをつけた。華王の身体を一晩買い切ったのだ。たくさんの祝儀もまかれて、一之丞はじめ見世の者は上機嫌である。

ただ、慎一は派手な宴席を設けたりはしなかった。早々に新造や禿を引き上げさせて、華王の部屋で二人きりになることを望んだのだ。

「いくらお通いいただきんしても、わちきの気持ちは変わりいせん」

二人きりになったあと、華王ははっきりと慎一にそう告げた。

「変わるまで通うよ」

それでも慎一はあきらめない。華王は呆れたように嘆息した。

「いったいどう申せばわかっていただけるのやら……」

「わかるわけがないだろう。こんなところで花魁を続けるなんて……なぜそんなことを思うのか、俺にはまったく理解できない」

慎一は戸惑うというより、怒っているような口調で言った。

華王は返事をしなかった。いくら言葉を尽くしても、どうせ慎一にはわかってもらえない。それは一番肝心なことを、華王は慎一に言うことができないからだ。

「冬弥、君はいったい、なんの意地を張っているんだ？」

「意地など張ってはおざんせん」

「なら、どうして――」

「………」

二人で相対していても、結局話は行き詰まってしまう。華王が黙ってしまえば、慎一もどうすることもできずに黙り込む。気詰まりな沈黙の時間だけが過ぎてゆく。

長い長い沈黙のあと、ふと華王は立ち上がると、床の間の飾り棚に置いてあった錦織の細長い袋を手に取った。慎一の隣に戻った華王が袋を開けると、中から出てきたのは、一尺二寸ほどの長さの笛だった。

慎一がハッと目を見開いて華王を見る。華王は笛を大事そうに撫でた。

それは笛を家業にしてきた藤代家に代々伝わる龍笛《りゅうてき》だった。桜樺《さくらかば》巻《ま》きの上に何重にも漆が塗られた家宝の横笛を、華王はそっと唇に当てた。

一瞬の間のあと、静まり返っていた華王の部屋に清冽《せいれつ》な音が響き渡った。その名の由来のごとく、天地を翔《かけ》る龍の鳴き声のように、高く、低く、華王の笛の音が流れる。

慎一は目を閉じると、懐かしそうに、その笛の音にじっと聴き入った。

二人の間の沈黙を埋めるように流れる笛の音は、その夜、結局明け方まで続いた。


「大引けを過ぎたら静かにしてもらわないと」

一之丞が小言を言う。華王は自分の部屋の窓枠に腰かけながら、そしらぬふうで外を眺めている。慎一が帰った日の昼過ぎである。

「そりゃ、花魁の吹かれる笛は絶品ですから、文句を言う者は誰もおりません。でもね、大引けを過ぎたら笛、太鼓や三味線などの鳴り物は控えるのが廓の決まりです。それを明け方まで……。そんなことをされたらほかの者にしめしがつきませんでしょう」

華王は一之丞の小言を無視するように、自分の膝の上に置いた龍笛を撫でた。

「花魁、いったいどうなさったんです？　最近の花魁はちょっと変ですよ」

華王は笛を撫でる手を止めた。わざとらしいため息をひとつつくと、

「わかった、もう吹かへん」

すねたようにそう言って錦の袋に笛をしまい始めた。

「いえ、笛を吹くなと言ってるんじゃないんですよ。時間を考えてくれと言ってるんです」

一之丞はそう言ったあと、

「……もしかして、花魁は昨夜床をつけなかったんじゃないですか？」

訝《いぶか》しそうに華王を見た。華王はまただんまりを決め込む。そんな華王に、今度は一之丞がため息をついた。

「まあいい、当の日下部様は別段怒ってらっしゃるようでもなかったし……。それより花魁、親方が話があるそうです。ちょっとお内所に来ていただけませんかね」

「親方が……？」

親方が呼んでいると聞いて、華王は仕方なしに一之丞と共に一階へ下りた。

一階帳場の奥の内所に行くと、楼主の清蔵が箱火鉢の前で酒を飲んでいた。

「また真っ昼間から飲んでるんですか？　親方、しまいにゃ身体を壊しますよ」

一之丞は清蔵にさえ悪びれないで小言を言う。しかし清蔵も華王と同じように一之丞の小言を無視して、湯飲みに酒をつぎ足しながら、

「華王、いい話だぜ」

と言って、華王を見上げた。

「まあ、座んなよ」

促されて華王は清蔵の向かいに座った。

清蔵はいつものように、寝間着に羽織をひっかけた姿である。だらしなく寝間着の裾をはだけ、片足を立て膝にした格好で湯飲みの酒を呷《あお》っている。清蔵自体は五十を過ぎていると

はいえ苦み走ったいい男なのだが、こんなだらしない姿だけ見ると、とてもこのような大きな見世の楼主には見えなかった。

実際にも清蔵は変わり者で通っていた。もともと吉原に男遊郭などを造るといった時点で普通ではないのだが、吉原の中で商売しているくせに、ほかの技楼の楼主たちとの交流もほとんどない。組合には一応入っているのだが、寄り合いに顔を出したこともない。もっともそんなところへ顔を出せば、ほかの楼主たちに嫌味や文句を言われるのがオチだろうから行きたくもないのかもしれない。吉原の中で自分たちが同業者からどういう目で見られているかは、華王自身もよく知っている。

「話というのはなんでしょう？」

華王のほうから切り出すと、清蔵は湯飲みを持ったまま華王をじろりと見て、

「身請けの話だ」

と言った。

「身請け…？　わちきのですか？」

華王は驚いて訊き返した。

「ああ、今朝方、日下部様が帰られる前に俺のとこへ来てな、おまえを身請けしたいと申し出ていかれた」

「日下部様が⁉」

華王は目を見張った。あれほど慎一にははっきりと断ってあるのに、どうしていまさら——。

「金に糸目はつけねえとよ。いい話じゃねえか、受けるかい？」

「お断りします」

華王は即座に答えた。しかし清蔵は華王の返事を予想していたように驚きもせず、

「日下部様も、華王はそう言うだろうとおっしゃってたよ」

と言ってふっと笑った。

「だから俺からおまえさんを説得して欲しいんだとさ。えらい惚れ込まれたもんだなあ、あの人はよっぽどおまえさんを手に入れたいらしい」

「説得など……しても無駄です。わちきは日下部様に身請けなどしてもらいとうありません」

華王はきっぱりと言いきった。清蔵は、やっぱりな、というようにまた笑った。

「相変わらず強情だなあ、おまえさんは。まあ、好きにするがいいさ。おまえさんの借金といっても、今はおまえさんが好きでこさえてるようなもんだし、それにこれまでさんざん稼いでくれた。俺も金に目がくらんで無理に勧めることはしねえよ」

商売に身が入っているのかいないのかわからない清蔵らしい言葉だったが、華王がホッとするより先に、

「親方」

華王の隣に座っていた一之丞が口を挟んできた。

「まったく親方はなにを言うんだか。お金はいくらでも出してくださるってんだから、これほどいい話はないでしょう。ちゃんと花魁を説得してくださいよ。それにうちだって商売なんだ、道楽でやってるわけじゃないんですからね」

一之丞の言葉に、

「ふん、俺は道楽でやっているんだ」

清蔵はふてくされたようにそう言い捨てると、また湯飲みの酒を呷った。

「親方！」

一之丞が目を吊り上げて清蔵を睨む。

「それじゃあ、なんですか？　あたしは親方の道楽につき合うために呼ばれたんですかね？　親方が男遊郭を造りたいから手伝ってくれと、そう頼むからあたしはここへ来たんですよ。なのに、道楽ですって？　さんざん苦労して娼妓たちを育ててきたあたしの前で、よくそんなことが言えますすね。もっと商売に気を入れてくれなきゃ困りますよ！」

「ほんとにおまえは口うるさいやつだな」

清蔵が顔をしかめて、うるさそうに言う。

「あたしが口うるさく言わなきゃ、春夢楼はとっくの昔につぶれてますよ」

一之丞が売り言葉に買い言葉で言う。しかし華王は、本当に春夢楼は一之丞でもっているような見世だと思っていた。廓のことにも芸のことにも長《た》けている一之丞がいなければ、春夢楼はここまでにはなっていなかっただろう。

一之丞に反撃されて、口ではかなわない清蔵はそっぽを向いてまた酒を呷っている。そんな清蔵を見て、これではだめだと思ったのか、一之丞は華王に向き直った。

「花魁、あたしはこの身請け話、お受けしたほうがいいと思いますけどね。いえ、金のため、見世のためにと言うんじゃありませんよ。花魁自身のためにです」

「わちき自身の……？」

華王が怪訝な顔で訊き返すと、一之丞は真剣な目でうなずいた。

「花魁もよくご存知のように、男が娼妓として商売できる間なんて、ほんとに短いもんです。いくら美しくても年には勝てません。女ですらそうです。しかも男の娼妓は女郎よりももっと花の散るのが早い。花魁だって、もう二十三でしょう？　華王花魁だからこそ、その年でも全盛を誇っておられるが、普通の男娼妓ならもう今は散る寸前の花も同然だ。いつまでもその美しさが続くもんじゃありません」

「そんなこと……わかってる…」

「なら、今はいい機会だと思いませんか？」

「いい機会？」

華王が一之丞を見ると、一之丞は大きくうなずいた。

「そうです。女郎なら客に身請けされて女房や妾《めかけ》におさまるのも珍しくない。しかし男娼妓が身請けしてもらえるなんて、そうそうある話じゃない。こんな千載一遇の機会を逃しちゃいけません。花魁は、このままここで年を重ねると、近い将来娼妓をやめなきゃならないんですよ。いっときは吉原一と謳われた花魁が、番頭新造や遣手になって働けますか？　昔の馴染みの客の前へ、こんな地味な着物を着て化粧けもない顔で、平気で出ていくことができますか？」

「…………」

一之丞の言うことは、いちいちもっともなことだった。しかしそれとこれとは話が別だ。花魁を続けられないからといって、慎一に身請けしてもらいたいとは思わない。

「一さん」

華王は腹を決めた顔で一之丞を見据えた。

「一さんの言うてくれてることはようわかる。そやけどわちきは、死んでも日下部様に身請けしてもらいとうはない。それやったら、下足番でも、風呂焚《た》きでもするほうがましや」

「花魁……」

一之丞は呆れたように華王を見ると、ため息をつきながら首を横に振った。

「ほんとに花魁は頑固なお人だ。みすみすこんないい話を断るなんて……あたしには花魁の考えがわかりませんよ。日下部様のことだって、花魁はあんなに避けたりいやがったりしてみせるが、そのくせ、座敷では時々気づかれないように日下部様の顔をそっと盗み見たりしている。ありゃあたしには、好いた男を見る目にしか見えませんがね」

一之丞の言葉に華王はどきりとして、瞬間に顔を朱に染めた。さすがに一之丞にはなにもかもお見通しだったようだ。

「頭からいやだと決めつけずに、今一度、ゆっくりと考えてみてはいかがです？　ご自分のこれからのことも含めてね」

「なんぼ考えても答えはおんなじや」

華王はそう言い捨てると、立ち上がった。

「親方、話がそれだけなら、わちきはもう失礼します」

きびすを返した華王を、

「花魁」

と、一之丞が甲高い声で呼び止めた。

「ほっといてやれよ」

と、すかさず清蔵が言う。それを聞いてまた一之丞が清蔵になにやら言い返すのを聞きながら、華王は内所を出た。

「花魁は身請けされるんですか?」

化粧をする華王の後ろで、急に葵がそんなことを言った。鏡台の鏡越しに葵を見ると、葵は不安そうな顔で華王を見つめていた。

「なんでそんなことを言うんや?」

鏡の中の葵に向かって訊くと、葵は、

「この間、日下部様をお見送りするときに、親方のところへ連れていってくれって言われて……」

と、言いかけた言葉を濁した、

「話を聞いてしもたんか?」

「はい…」

葵が立ち聞きを恥じるようにうつむく。

「断ったよ」

華王があっさりとそう言うと、葵は驚いたように顔を上げた。華王はもう一度はっきりと繰り返した。

「身請けの話は断った」

「どうして……?」

「どうしてとは?」

華王が振り向くと、葵は「だって……」と口をもごもごさせた。

「…だって……身請けされたら、ここを出ていけるんでしょ？　苦界から足を洗えるんでしょ？」

「苦界か……そんな言葉も覚えたんか」

華王は苦笑すると、「苦界やからこそ、出ていかへんのや」とつけ加えた。

葵が目をぱちくりさせる。

「意味がわからんか？　わからんでええ。これはわちきだけのこだわりや」

「こだわり……？」

「ああ、自分で決めたことなんや」

まだきょとんとしている葵から目をはずすと、華王はまた鏡台に向き直った。

そう、苦界だからこそ、自分はここにいる……。

華王は唇に紅をひきながら、そう心の中で呟いた。

好きでもない男に抱かれるのが辛くないはずがない。苦しくないはずがない。でも辛ければ辛いほど、苦しければ苦しいほど、逆に自分の心は鎮まるのだ。少しでも罪を贖《あがな》っているような気がして、心が安まる気がするのだ。たとえそれが一人よがりな錯覚だとしても、華王はその錯覚にすがらなければ、今まで生きてこられなかったのだ……。

鏡の中に、まだ釈然としていなさそうな葵の顔が映っている。

「なんや、葵はわちきが身請けされたほうがよかったんか?」

笑いながら訊いてやると、葵はぶんぶんと勢いよく首を横に振った。

「花魁がいなくなるといやだから、気になってただけで……だから身請けされないんなら、そのほうがいいんです」

「かわいいことを言うてくれるなあ」

華王が満面の笑顔を見せると、葵は顔を赤くしてもじもじした。そこへ、

「花魁、今日は日下部様がご登楼《とうろう》されるそうです」

小桜がそう告げにきた。

途端に華王の顔から笑顔が消え、うつろな目が鏡に映る自分の姿の上をさまよった。


「親方に聞いたよ」

二人きりになるとすぐに、慎一はそう切り出した。

「君を説得してくれと頼んだんだが、失敗したようだな」

「身請けの話は、最初からお断りしてあったはずでござんしょう。どうしていまさら、またそんな話を…」

不機嫌さを露わにして華王が言うと、慎一は神妙な顔で、

「冬弥、今日は腹を割って話さないか」

と言って、華王のほうに身体を向けた。その顔はいつになく思いつめたような表情をしていた。

「わちきのほうは話すことなどなにもござんせん」

華王は慎一の視線を避けるように、顔を背ける。

「冬弥——」

慎一が怒ったように呼んだ。

「冬弥ではござんせん」

華王も声に力を込めて言い返す。

「日下部様、わちきは華王でありんす。冬弥ではござんせん」

「違う、冬弥だ。俺にとっては君は今も冬弥だ。俺のことも日下部様などと呼ぶな、慎一と呼んでくれ。今日は昔のように、慎一と冬弥として話をしよう」

「お断り申しんす。わちきはなにも話しとうござりいせん」

「そんな言葉も使うな」

慎一はいらだったように言った。

「俺は廓言葉は嫌いだ。そんな言葉で自分を隠すな」

キッと、華王は慎一を睨んだ。

「自分を隠してなどござりいせん」

「そんな言葉を使うなと言ってるだろ！」

今日の慎一は、こらえていたものを吐き出すように激しい感情をむき出しにした。

「もうたくさんだ、冬弥。そんな嘘っぽい言葉や態度で自分をごまかすな」

「な……わちきがなにをごまかしていると言いなんすか」

華王も怒った顔で慎一に対峙《たいじ》した。

「わちきはただの一言も、日下部様に偽りを申した覚えはござりいせん。日下部様にご恩を感じているのも真実。しかし春夢楼《こ こ》を出る気がないのも本心。まして日下部様に身請けしてもらうなど、わちきは爪《つめ》の先ほども望んではおりんせん」

「じゃあ、なぜ君の笛はあんなに哀しそうな音をしているんだ！」

慎一は険しい目で華王を見据えた。華王は不意をつかれたように目を見張った。

「この間、君が吹いてくれた笛の音は、あまりにも哀しい音色だった」

「…なにをおっしゃるかと思えば……わちきの腕が落ちたとでも言いなんすか？　そんなことはおざんせん！」

本気でムッとした華王に、「違う」と、慎一は首を振った。

「君の笛は昔よりもうまくなっていた。しかし音が違ったんだ。あの頃、いつも俺に吹いて聴かせてくれた頃はもっと明るい音色だった。あんな哀しそうな音じゃなかった。俺は――

俺は胸が痛かった」

慎一の言葉に、華王はうろたえた。

「し…素人《しろうと》の日下部様になにがわかりいす？　思い上がりもほどほどにしておくんなんし」

「思い上がり？」

慎一の眉がぴくりと動いた。華王はわざと挑発するような目で慎一を流し見た。

「ええ、思い上がり以外のなにものでもござんせんでしょう。いったいご自分のことを何様だと思うておざんすか？　勝手にわちきを身請けしてやるとか、春夢楼《こ》から出してやるとか、独り相撲《ずもう》もいい加減にしておくんなんし。わちきは自分で春夢楼《こ》に来て、好きでこの稼業を続けているだけでおざんす」

「好きで続けているだと？」

「ええ、好きで続けておざんす」

華王はきっぱり言いきると、慎一を真正面から睨み据えた。慎一の目の色が変わる。

「君は――君は好きで男に抱かれているというのか？」

慎一はそう言うと、ぎりと奥歯を噛みしめた。眉間に血管が浮く。

怒りを含んだ慎一の目を見つめながら、華王は精いっぱい強がるように、顎を上げた。

「ええ……ええ、そうでおざんすとも。春夢楼《こ》におれば、毎日殿方に抱いていただける。わちきは男なしでは一日も身体が持ちいせん」

華王を睨む慎一の目が怒りで赤く充血していくのを見ながら、華王は慎一に最後通牒《つうちょう》をつきつけた。

「さあ、これでわかりいしたでござんしょう。ここにいる華王は、日下部様がご存知の冬弥とは、もうまったく別の人間になってしまいんした。わかったなら、早くここを出ていっておくんなんし。それとも、今夜は日下部様がわちきのお相手をしてくんなんすのか？　そういえば、もう何度もご登楼《とうろう》されているのに、まだ一度も床をつけておざんせんなあ。今宵はわちきの身体を、朝までご堪能しなんすか？」

言い終わるのと、頬に衝撃が走るのが一緒だった。気がつくと、華王は崩れたように畳に両手をついていた。頬がじんと熱くなる。

「いい加減にしろ、冬弥！」

降ってきた怒声を見上げると、慎一が膝立ち姿で見下ろしていた。今華王を張った右手が、ぶるぶると震えている。

「そうやって自暴自棄になって、なにが楽しいんだ！」

慎一が怒鳴る。

「自暴自棄…？」

華王は張られた頬を押さえながら慎一を睨み返した。

「自暴自棄になどなっておりんせん！」

「そんな言葉は使うなと言っただろ！」

慎一はますます怒りで顔を赤く染めた。

「俺は君の言葉を聞きたいんだ！」

慎一はそう叫ぶと、華王の肩をつかんで乱暴に身体を引き起こした。

「父親と母親を相次いで亡くして、そのうえたった一人残った家族の華絵さんまであんなことで失った。君が世を捨てたくなった気持ちもわかる。しかしだからといって、こんな場所に身を置いて君のなにが救われるというんだ！　そんなふうにかたくなに意地を張って、君のなにが守れるというんだ！」

「…わかるですって……」

華王は悔しさににじみそうになった涙をこらえて、慎一を見上げた。今まで耐えていたものが、ぱちんとはじけたような気がした
「あなたに……あなたに僕のどんな気持ちがわかるんです…」

「冬弥——」

「じゃあ、いったい僕はどうしたらよかったんです！　僕は、僕は——」

どうすれば姉に償えるのかという言葉を呑み込み、華王は慎一の背広の襟をつかんだ。そして胸の奥から引き絞るような声で叫んだ。

「教えてください——教えてください、慎一さん！」

「冬弥……」

慎一が呆然とした目で華王を見下ろす。華王は慎一の襟を突き放すと、荒くなった息を整えるように、慎一から顔を背けて深呼吸した。

大きく上下する華王の肩を見ていた慎一が、

「……冬弥……やっと…君の言葉が聞けた……」

ぽつりと呟いた。

華王は一瞬ハッと身体を起こしかけたが、慎一に顔を背けたまま押し殺すような声を出した。

「…帰ってください………お願いですから、もう帰ってください……」

「待ってくれ、冬弥。やっと君の言葉が聞けたんだ。もっと……もっと話をしてくれ。もっと俺に君の言葉を聞かせてくれ」

肩にかかった慎一の手を、しかし華王は邪険に振り払った。

「いくら話しても同じやと言うてるでしょう。僕はここを出る気はありません。さっき言うた言葉も本当です。僕は春夢楼《ここ》が好きや。好きでここにいてるんです。男に抱かれるのも嫌いやない」

「君はまだそんなことを――」

慎一が呻くように言う。そのとき、

「花魁、失礼していいですか」

廊下側の襖の向こうで声がした。

華王は慌てて居住まいを正すと、「なんや？」と答えた。

襖が開く。廊下には禿姿の葵が座っていた。

「あの……日下部様にお客様が……」

「俺に客？」

膝立ちのままだった慎一が葵のほうへ顔を向ける。葵が襖を大きく開くと、廊下に袴姿《はかますがた》の大柄な青年が身体を縮めて座っていた。

「山村《やまむら》じゃないか、どうしたんだ？」

慎一が驚いたように青年を見る。

「あの……すいません、社長」

青年はおどおどしながら頭を下げた。怪訝な顔をしている華王に、慎一は「うちの書生だ」と言うと、もう一度青年を振り返って、

「どうしたんだ、こんなところへ」

と訊いた。

「あ…はい。明日社長は直接お取引先のほうへ行かれるとおっしゃっていましたので……忘れ物をお届けに……」

見ると山村という青年の横に風呂敷包みが置いてある。

「忘れ物？」

「はい、新しい糸見本をお渡しするのを忘れておりました。申し訳ありません」

それだけで慎一には伝わったのか、「ああ」とうなずくと、青年に「入れ」と、顎で合図した。青年は一度頭を下げると風呂敷包みを手にして、気後れした様子でそろそろと部屋に入ってきた。

入り口近くに座った青年を、華王が手招く。

「せっかくいらしたのだから、どうぞ、もっとこちらへ」

廊下の葵に目くばせすると、勘のいい葵は、すぐに新しい銚子と盃の載った台を運んできた。華王はまた慎一と二人きりになると話を蒸し返されそうだったので、わざと山村を引き留めたのだった。

葵を下がらせると、華王は隣に座らせた山村に盃を持たせて酌をした。山村は困ったような顔で慎一を見たが、慎一は華王のすることを無視して素知らぬ顔で、自分も手酌で酒を飲み始めた。

そのとき、ふと華王の胸にある考えが浮かんだ。言葉で慎一を納得させられないのなら、態度で納得させてやろうかと思いついたのだ。慎一に、もう二度と自分に会いたいなどと思わなくさせればいい。

華王は艶然《えんぜん》と微笑むと、山村の盃を再び酒で満たした。山村の顔が、華王を見て真っ赤に染まる。田舎《いなか》から出てきて日が浅いのか、山村は垢抜《あかぬ》けない青年だった。柄は大きいが、にきび跡の残る顔はまだ幼さを残していて、朴訥《ぼくとつ》な感じが華王には好ましく映った。

「さ…もういっぱい」

慣れない場所で初めて目にする男花魁に酌をされて、山村は舞い上がっているのか、華王の勧めるままに酒を飲まされる。すぐに山村の顔が今度は酒で染まり始めた。

「冬弥、いい加減にしろ。そいつはまだ酒に慣れていないんだ。山村、もういい、用がすんだら帰れ」

「は、はい」

さすがにそれまで黙っていた慎一が口を出してきた。しかし華王は、盃を置こうとした山村の手を取った。

「待って。まだええでしょう。僕はこの人が気に入った。もう少しいてもろてもええでしょう?」

華王はそう言うと、なまめかしい目で慎一を流し見た。わざと廓言葉は使わなかった。廓言葉を使えば、どうせまた慎一に嘘だごまかしだと言われてしまう。それなら華王としてではなく、冬弥として、自分がどんな人間か慎一に見せつけてやりたかった。

華王は、山村の手をそっと握ると身体を寄せた。

「素敵な方や。惚れてしまいそうや…」

「冬弥──」

慎一が音を立てて乱暴に盃を置く。華王はかまわず、手の平で山村の手をやさしく撫でると、その手を今度はそろりと山村の膝へと這わせた。指先を遊ばせるように、膝の上で行き来させる。山村は硬直して、華王のされるままになっている。

「なにをしている。山村、もういい、早く帰れ！」

慎一が怒った声で言う。しかし華王の指は止まらない。山村も、蛇《へび》に睨まれた蛙《かえる》のように動かない。華王は山村の袴の脇から手を差し入れた。着物越しに太腿を撫で、そのまま奥へと手をすべらせると、硬く盛り上がったものに手が当たった。華王はその硬い盛り上がりをあやすようにやさしくさすった。

「あ……」

山村が声を漏らす。華王が見上げると、山村は顔全体を紅潮させ、鼻から荒い息を吐いていた。

そのとき突然、華王の手が山村の袴の中から無理やり引き出された。振り向くと、慎一が華王の手首をつかんでいた。

「冬弥、いい加減にしておけ」

慎一の充血した目がすぐそばにある。華王は慎一に手をつかまれたまま、

「これが僕の商売や。しっかり目を開けて見ててください、慎一さん」

挑戦的な目でそう言い返した。

「慎一さんが追っかけてるのは、昔の冬弥や。今の僕やない。今の冬弥がどういう人間か、いつもどんなことをしているのか、ご自分の目でしっかり確かめてください。僕の正体を見て、それでもまだ僕と話したいと言うのやったら、僕は腹を割って話をしましょう。そやから……今、ここで僕がすることを黙って見ててください」

「な、なにを言ってるんだ、君は――。正気か!?」

慎一が動揺する。華王は、

「それがいらんのやったら、今すぐこの人とここを出ていってください。その代わり、僕はもう二度とあなたに会いません。そやけど、ごまかしのない僕と話したいんやったら、華王でない冬弥と話したいんやったら、黙ってそこで見ててください。今の僕の全部をあなたに見せたる」

そう言うと、慎一の手を振りきった。慎一は唖然《あぜん》とした顔で華王を見ていたが、やがて、

「勝手にしろ!」

吐き捨てるようにそう言うと、自分の席に戻って荒い手つきで酒をついだ。

華王は暗い微笑みを浮かべると、

「……社長のお許しが出た…」

山村の耳に唇を寄せてそう囁き、そのまま舌を山村の耳に差し入れた。

「ひっ」

山村がくすぐったそうに首をすくめる。あまりのうぶな反応に、

「…かわいいなあ……筆おろしはまだなんか?」

華王が囁くと、山村は首まで真っ赤に染めた。

華王は慎一の目の前でとことんやってやるつもりだった。もう二度と慎一が自分に会いにきたり、自分を身請けするなどと言わなくなるように、たとえ彼の心を傷つけてでも、慎一の見たくないものを見せつけてやるつもりだった。

舌で耳や首筋をくすぐりながら、華王は山村の袴の紐を解いた。前紐も後ろ紐も解いてしまうと、山村は驚いたように腰で後ずさった。しかし床柱に背が当たって、それ以上退くことができない。華王は裲襠を脱ぐと、身軽になった身で山村に身体を寄せる。

後ずさった拍子に膝まで脱げてしまった山村の袴を、足から引き抜いてやる。そのとき山村が足を動かしたので、銚子の載った台が倒れ、畳に酒が流れた。

「…大丈夫や、怖いない。じっとして……僕のするままにまかせといたらええ…」

華王はそう囁きながら山村のにきび跡の残った頬を撫でると、その手を首筋へ下ろし、さらに山村のはだけた着物の襟へと差し入れた。分厚い胸板に手の平を這わすと、山村の胸は汗ばんでいた。

山村はどうしていいかわからないというように、真っ赤な顔で華王を見つめている。華王はそんな山村に微笑みかけながら、胸を撫でていた手を抜き、今度は山村の着物の裾を開いた。もともと乱れていた着物は簡単に割れ、白い下帯が顔をのぞかせた。布の中で痛そうなほど大きくなっている山村の一物が華王の目に入った。

「…こんなに大きゅうして……」

華王の指が愛《いと》しそうに、布の上から山村の一物をさすり上げる。慌てて山村が着物を合わせて隠そうとする。その手を華王は止めた。

「隠さんでええ。もっと見せて欲しい……」

山村は、まるで暗示をかけられたように華王に逆らえなくなっていた。急に力の抜けた山村の手をどけると、華王は下帯の布を引き、横の隙間からいきり立った山村の一物を引きずり出した。

それは華王が目を見張るほどの見事な肉柱だった。いつも華王が相手をしている中年の男たちとは違い、硬くそそり立った若い山村の肉柱は、腹にぶつかるほど反り返り、節のような血管を何本もふくれさせていた。

「なんと立派な……」

華王は嘆息したように呟くと、そっとその肉柱を握った。

「うっ…」

山村がのどの奥で呻く。

華王はゆっくりと手を動かした。二、三度こすり上げただけで、山村の肉柱の頭から露がわき出す。もう片方の手で、華王は山村のぼってりと重い双球も握ってやった。やわらかく揉んでやると、肉柱の頭からますます露があふれ出した。

「はあ……はあ……」

山村が喘ぐように大きく息をする。

まるで尽きぬ泉のごとくわき上がる露が、肉柱の幹を伝い落ち、華王の動かす手の動きに合わせてぬちゃぬちゃといやらしい音を立てる。

もう頃合いと見た華王は、山村を手で嬲《なぶ》りながら、空いている片手だけで自分の帯を解き、着物を脱いだ。袖を抜くときも華王は手を替えただけで、ずっと山村を刺激し続ける。

そして緋色の長襦袢姿になった華王は、裾をまくり、山村の上に跨《また》がった。

「冬弥！」

慎一が怒鳴った。

華王は髪越しに慎一を振り返った。

「わかったから、もうやめろ！　それ以上するな！」

慎一は怒りと不快感で充血させた目で、華王を睨んでいた。

「なにがわかったんです？　まだなんにも始まってへんのに」

華王は妖艶《ようえん》な笑みを浮かべると、わざと長襦袢の裾をたくし上げ、慎一の目にすべてが見えるようにした。

ゆっくりと身体を落とす。山村の肉柱をつかみ、自分の菊門にあてがう。

長襦袢をまくり上げたとき、華王はわからないように、いつも懐に隠し持っている香油を自分の菊門に塗っておいた。華王が山村の肉柱の上に腰を落とすと、露と香油の助けを借りて、太い肉柱が難なくぬるりと菊門を通った。

「…あ……すご…い…」

華王はのどを反らすと、ため息をつくように呟いた。

突然、カシャンと音がした。のどを反らしたまま華王が振り向くと、壁に投げつけられて割れた盃が見えた。

慎一に視線を移すと、慎一は怒りに煮えたぎったようなきつい目で華王を睨みながら、銚子をつかみ、そのまま直《じか》に酒を呷った。

慎一の目を見ながら、華王が腰を揺すりだす。

長襦袢の裾は腰の上までたくし上げられている。慎一にはすべてが見えている。山村の肉柱を根本までくわえ込んだ華王の菊門も、その菊門を出入りする山村の大きな一物も。

「…ああ………ええ……」

華王はゆっくりと腰を前後に揺すったり、時には円を描くように動かしたりした。

酒と怒りで真っ赤になった慎一の目が、華王と山村が繋《つな》がった部分を凝視している。その慎一を見つめながら、華王は息を弾ませていった。

大きく広げられた菊門と、身体の奥の奥まで達する刺激が、いつになく華王を追い上げていく。慎一の目の前で交接するときが来るなど、華王は考えたこともなかった。本当なら一番見せたくない姿だった。なのにどうだろう……。

慎一が見ている。自分の白くてなめらかな尻と、そこへ出入りする男の大きな一物を……。そう思っただけで、腹の底が疼《うず》く。得体の知れない快感がわいてくる。

「あ……ああ、たまらへん……気持ちようてたまらへん」

華王は腰の動きを早めていった。

「あふっ……くっ……」

山村が目をつぶって身体を反らす。もう山村ははじける寸前のようだ。

「あ、まだあかん……もう少し……もう少し……」

思わず華王は山村を引き留めた。

もう少しで自分もはじけてしまいそうだ。弟分たちには気をやるなと教えておきながら、自分は今にももう達してしまいそうになっていた。

こんなことは初めてだ。自分で自分を調節できない。華王は突き上げてくる快感にどうすることもできなかった。

華王の中で、山村の肉柱が大きさを増す。

「……ああ……まだ………まだあかんっ」

華王は泣きそうになった。もう少しでいける。もう少しで気をやれるのだ。だからあと少しだけ山村にこらえて欲しい――――。

華王は目をつぶって仰向くと、唇を噛みしめた。

そのとき不意に、人の気配を感じた。と同時に、長襦袢の下で猛っていた華王の肉柱が、ぎゅっとなにかに包まれた。

華王は驚いて目を開けた。間近に慎一の顔があった。

「慎一さん⁉」

慎一は華王の長襦袢をめくり上げて、そこからにょっきり顔を出した華王の肉柱を握っていた。

（どうして⁉）

発しようとした言葉は、しかし慎一と目が合った途端、華王の口から消えた。

慎一の目は、まるで熱でもあるように熱く潤んでいた。酒と怒りで赤く濁った目は、今は妖《あや》しく暗い光をたたえている。華王は今まで何度もこういう目を見てきた。それは淫欲に呑まれた男の目だった。

慎一が無言のまま、華王の肉柱をしごき始める。

「ああっ……！」

華王は強烈な刺激に身震いした。

今まで、何千回と男と床を共にしてきた。華王の身体は、そのたびにありとあらゆる性技を加えられてきた。なのにどうしてだろう。ただ慎一に肉柱をきつくしごかれただけで、いったいこの快感はなんなのだろう⁉　信じられないほどのこの気持ちよさは――⁉

「あ………もう…いく……っ！　いってしまうっ…！」

慎一にしごき上げられながら、大きく腰を振る。すぐに波が襲ってきた。

「あっ…ああっ！」

山村の着物の胸元を握りしめながら、大きくのけぞる。

身体が硬直する。華王の身体の下で、山村も同じように大きく呻いて硬直した。身体の中で、山村がはじけている。華王もはじける。

「…ん………んんっ…！」

何度も勢いよく精が撃ち出される。そのたびに津波のような快感が襲ってくる。あまりの恍惚に華王は目がくらみそうだった。

最後の精が撃ち出されたあとも、華王はすぐに正気を取り戻すことができなかった。さざ波のように襲ってくる快感の余韻をじゅうぶん味わったあと、やっと華王は目を開いた。

目に入ったのは、慎一の呆然とした顔だった。

慎一は荒い息をつきながら、惚《ほう》けたように自分の手を見つめている。その手は、今さっき華王が放った精で白く濡れていた。

「…慎一さん……？」

華王が声をかけると、慎一は我に返ったように顔を跳ね上げた。

「あ…」

華王と目が合った慎一が、声にならない声で呻く。うろたえた顔で、もう一度自分の手に目を落とす。慎一は信じられないものを見たように首を振ると、おもむろに立ち上がった。

「慎一さん――」

無言のまま、慎一は華王の座敷から飛び出していった。華王は追いかけることもできず、もう一度慎一の名を呼ぶ。しかし慎一はそのまま戻っては来なかった。

戻ってこない慎一の代わりに、一之丞が部屋に入ってきた。

「花魁、どうかなさったんですか？　今、日下部様が……」

一之丞はそこまで言うと、座敷の中を見て、あんぐりと口を開けた。

床柱にもたれたまま、前をはだけた山村が放心状態で座り込んでいる。華王はといえば、長襦袢の裾をまくってその山村の上に跨っている。

「いったいなにをされていたんで……」

一之丞は、わけがわからないというように目を瞬かせた。

若い衆に酒の台を下げさせ、禿たちに酒で汚れた畳を拭かせたあと、一之丞はまだ長襦袢姿の華王に、

「あれは日下部様が考えた趣向だったんですかね?」

と、嫌味な調子で問いかけてきた。

「……なりゆきや…」

壁にもたれた華王は長襦袢の裾を手でもてあそびながら、ぼそっと言い捨てた。

一之丞は袂《たもと》で口を押さえて咳をしたあと、

「またそんな……。日下部様を怒らせてしまったんじゃないでしょうね?」

と、横目で華王を睨んだ。

「花魁の部屋を出てくるなり、人力を呼べっておっしゃって、慌てて若い衆を車屋へ走らせたんですよ。その前にお客人がいらしてたようだから、火急の用でもあったのかと思ったら……。あたしゃびっくりしましたよ。いったいあのざまはなんですか?」

「三人で遊んでただけや。そんなのようあることやろ」

「そりゃそうですが……しかしなにもあんなところで…」

「寝間よりああいうところのほうが昂《たか》ぶる客もいてる」

とりつく島のない華王に、一之丞はあきらめたようにため息をついた。

「まあ、なにに昂ぶるかは人それぞれですからなんとも言えませんがね」

「それより、あの書生さんはどうなった?」

華王はふと顔を上げると一之丞を見た。

「ああ、ちゃんと人力を呼んでお送りしましたよ。しかしなんとも……気の毒なほどしょげ返っていましたよ。ありゃ、花魁が無理やり筆をおろさせたんでしょう?」

華王が唇の端で笑うと、

「初のお相手が男花魁というのは、よかったんだか、悪かったんだか」

一之丞も苦笑した。

華王は山村のにきび面を思い浮かべた。それからまだ身体が形を覚えている彼の立派な一物を思い返し、そして慎一の手で導かれた快感を反芻《はんすう》した。長年仕事をしてきて、あれほどの快感を得たのは初めてだった。

そのときのことを回想した途端、ぞくりと肌が粟立《あわだ》ち身震いした。慎一に握られたときの感触を思い出しただけで、またきざしそうになる。

華王はなにやら見てはいけない世界を見てしまったような気がして、怖くなった。

あんなことがあったから、さすがに慎一はもう会いにこないだろうと高をくっていたのに、その数日後、華王はまた慎一の登楼《とうろう》を聞かされて驚いた。

八時頃に登楼した慎一は、いつものように若月に案内されて華王の本部屋にやってきた。慎一は芸者も幇間も連れてこないのが常であった。台のものも取るには取るが、賑やかな宴席を好まず、口にするのは酒くらいで、すぐに華王と二人きりになるのを望んだ。見世の者もそれはよく承知している。宴席をもうけなくても、いつも慎一は皆に祝儀を張り込んでくれるので、誰も文句はない。

だからその日も、華王はてっきり慎一が一人で登楼《あが》ってきたものとばかり思っていた。しかし慎一に続いて人影が見え、それがこの間来た慎一の書生の山村だと気づいたときには本当に驚いた。

山村は華王と目が合った途端、顔をこわばらせ、うつむいてしまった。慎一は何事もなかったような顔で、自分の席に着く。

華王を挟んだ格好で、慎一と山村が座った。戸惑いながらも、華王は慎一に酌をした。山村には、その隣に座った若月が酌をする。しかし緊張しているのか、山村は大きな身体を縮こめるばかりで、酒を飲もうとしない。

「山村、飲め」

突然、慎一が言った。山村がびくっと身体を起こす。

「は、はい」

返事をするなり、山村は手にした盃を一気に呷った。空になった盃に若月が酒をつぐと、またそれも一気に飲み干す。山村は命令を受けた兵隊のように、律儀に酒を飲み続ける。

慎一はといえば、なにもしゃべらないどころか華王と目を合わそうともせず、こちらもまた怖い顔で酒を呷るばかりである。あまりの異様な雰囲気に、華王と若月は目を見合わせた。

華王は慎一がこの間のことをよほど怒っているのかと思った。

「もういい、みんなは下がってくれ」

一之丞が機会を見計らって声をかける前に、慎一のほうからそう切り出した。

一之丞が華王を見て、慎一にわからないように首をすくめる。皆、早々に挨拶をして引き上げる。最後になった葵が襖を閉めると、しんと部屋が静まり返った。

慎一はまだ酒を飲み続けている。山村のほうは盃を置き、叱られる前の子供のように背を丸めて座っている。しかし酔いが回っているのか、耳まで赤く火照《ほて》っている。

華王はどうすればいいものかと考えたが、結局なんの考えも思い浮かばず、二人のことを放っておくことにした。

それからも慎一は一人で酒を飲み続け、華王から見ても相当酔いが回ってきていると思った頃、おもむろに立ち上がった。なにをするのかと見ていたら、慎一はふらつく足で黙って次の間に向かい、寝室の襖を開けた。華王はぎょっとした。

慎一が振り向いて華王を見る。目が据わっていた。

「冬弥、来い」

「慎一さん……!?」

華王は慎一が寝間に自分を誘うとは思ってもいなかった。悪い冗談かと思った。この間自分があんなことをしたから、その仕返しにこんな真似をしているのではないかと。

華王が慎一の真意をはかりかねて困惑していると、

「なにをしている、早く来い」

慎一の声が怒気を帯びた。

華王は立ち上がった。ここで自分がうろたえたり戸惑ったりしたら、それこそ慎一の思うつぼかもしれないと思ったからだ。

ついこの間、これが自分の仕事なのだと大見得を切って山村と交わって見せた。その自分の言葉を、慎一は試そうと思っているかもしれない。

華王が寝室に入り、さあどうすると、慎一を振り返ったら、慎一はまた座敷のほうを見て、

「山村、来い」

そう山村に命令するように言った。

「慎一さん?」

今度こそ華王はうろたえた。いったい慎一はなにを考えているのか――。

「山村！」

再度呼びかけられて、背を丸めたまま山村がのろのろと立ち上がる。

「どういうことです？」

華王が慎一に問うと、慎一は、

「君のすべてを見せてくれるんだろう？　じゃあ、見せてみろ。あれではまだ足らん」

酔った目で華王を見つめながら、そう言って唇を歪めた。

「慎一さん……」

華王は驚いて慎一を見つめ返した。

酔っている……いや、酔いのせいばかりじゃない、今日の慎一はおかしい。今日の彼は、華王の知らない慎一だ。

華王が立ち尽くしていると、山村が慎一の隣に立った。山村はどうしていいかわからないというように、部屋の入り口でおどおどと困惑した目を華王に向けた。

「この人と床入りせえと、そういうことですか？」

華王は、キッと慎一を睨みつけた。慎一は不敵なような笑みを浮かべた。

「できるだろう、君なら。なにせそれが仕事なんだからな。好きなんだろう？　この仕事が」

やはりそういうことかと、華王は唇を嚙んだ。

慎一はこの間のことが許せないのだ。だから自分をいじめたいのだ。それなら……

華王は鼻で笑ってみせると、

「ええ、できますとも」

顎を上げて慎一を見返した。こうなれば華王も意地である。

すとん、と裲襠を後ろに落とす。前帯を解き、着物を脱ぐと、華王は長襦袢姿になった。

それを見届けると、慎一は寝室に足を踏み入れ、枕屏風《まくらびょうぶ》を横へはねのけた。

遮られていたものを失って、燃えるような真紅の緞子の五ツ布団が眼前に現れる。

華王は布団の上に腰を下ろすと、

「さあ…」

と山村に声をかけ、手を差し出した。目を見張っていた山村が、まるで華王に魅入られたようにふらふらと歩きだす。

慎一は座敷に戻って華王の台から手つかずの銚子を二本つかむと、再びこちらへ戻ってき、座敷と寝室の敷居の上にどかりと腰を下ろした。

襖を閉めないので、座敷の灯りが寝室にまで入る。薄暗いながらも、中の様子は慎一にははっきりと見えているだろう。

華王は覚悟を決めると、そばに来た山村を見上げた。寝台のような高さに積み上げられた布団の上に座っている華王の目の前に、ちょうど山村の腹がある。華王は山村の袴の紐に手をかけた。

紐を解き、袴の腰板を帯から引き抜くと、山村の足元に袴が落ちた。

角帯を解いてやり、着物を開いてやると、華王の目の前に白い下帯が姿を見せる。

驚いたことに山村はこんな状況でもうすでに猛っていた。布を突き上げるほど硬くそそり立っている肉柱を見て、華王は山村の顔を見上げた。

山村は息を荒くし、熱に浮かされたような目で華王を見下ろしている。その目を見つめながら、華王は山村の手を引き、布団の上へといざなった。

対面するように座ると、華王は山村の頬に手をかけ、そっと自分に引き寄せた。ゆっくりと顔を寄せ、山村の厚い唇を自分の唇でやさしく挟んでやる。濡れた舌先で唇をなぞると、山村の唇が震えながら軽く開いた。その山村の唇の隙間に、華王は舌を差し入れた。

舌を入れられたことも初めてなのか、山村のおののきが唇を通して伝わってくる。華王は山村の口中を舌で探りながら、おどおどする山村の舌を見つけ、それをそっと吸ってやった。

「ん……」

山村が反応する。ぎこちないながらも必死で応えようとしているのが伝わってくる。華王は少し嬉しくなって、山村と舌を絡め合った。

つぶっていた目を開くと、山村の顔の向こうに慎一が見えた。銚子の口から酒を呷った慎一が、腕で口元を拭《ぬぐ》いながら華王を見つめた。山村の頭を間にして、慎一と華王の目と目が合う。

華王は慎一を見つめながら、さらに山村と舌を絡ませ合った。慎一の目が、また淫欲に濡れていく。暗く妖しい光を宿した慎一の目に見つめられながら、華王は自分が昂ぶっていくのを感じた。

「あ……」

たまらず、華王は唇を離すと息をついだ。身体の血が長襦袢の下に集まり、硬いこごりとなっていく気がする。

華王は半信半疑で長襦袢の上から自分の下腹をさわった。やはり股間《こかん》のものが長襦袢を持ち上げるほど硬く立ち上がっている。

(どうして……)

華王は信じられない思いで自分の屹立《きつりつ》をさすった。口を吸い合ったくらいで、ここまで昂ぶったのは初めてだ。

「花魁——!」

不意に山村が華王に抱きついてきた。大柄の山村に抱きつかれて、華王は支えきれずに布団の上に押し倒された。

「花魁、花魁ッ…」

山村ががむしゃらに身体を押しつけてくる。

「ああ、わかった……わかったから、ちょっと待って…」

華王は山村の背をなだめるように撫でると、ゆっくりと体勢を入れ替えた。

下帯一枚の姿になった山村を仰向けに寝かし、自分はその山村の身体の上で四つん這いになるように逆さに跨った。

目の前に、突き上がるように張った白い布がある。華王はその布の上から、その中に納まっている肉棒をくわえた。

「うっ！」

山村の足がびくんと跳ねる。華王はさらに布の上から口で形をなぞるように根本から舐め上げる。何度もそれを繰り返してやると、白い布は華王の唾液でぐっしょりと濡れ、その中にあるものの形を、さらにくっきりと浮かび上がらせた。

太い樹の幹のような胴部分も、傘のように張り出た亀頭の部分も、濡れた布が張りついて、まるで彫刻のようにはっきりと形がわかる。

息を荒げながら山村が、もどかしそうな手つきで下帯を取ろうとした。華王が手伝ってやると、布の下から待ちかねたようにびくんと大きな一物が跳ね上がった。

華王はそれを愛おしそうに手の平で包むと、ゆっくりとこすりながら、亀頭から口に頬張った。

「はあ…っ…！」

山村の足が布団の上を蹴るように動く。手の指も布を掻くように激しく曲がる。

華王は手と唇で山村の肉柱をゆっくりとしごいた。山村の一物は大きすぎて、華王の口だけでは納まりきらなかったからだ。のどの奥まで呑み込んでも、唇は根本にたどり着かない。だから幹の下は手でこすり、大きく張った傘の下のくびれを唇で締めつけながら、舌で鈴口を撫で回してやった。

「あうっ……!」

山村の腰が大きく跳ねる。

華王は目の端で慎一を見た。

慎一はもう酒を飲んでいなかった。山村の大きな一物をくわえている華王の口元を、ただじっと見つめている。あの淫欲に呑まれた暗い目で……。

慎一の目を見た途端、華王は突き上げてくる欲情を感じた。

「う……」

思わず山村の口に自分の肉棒を押し込みたくなるのをこらえる。華王はあわただしく長襦袢の合わせ目に手を差し入れると、自分で自分の肉柱を握った。

はち切れそうにふくれ上がったものを、痛いほど力いっぱい握りしめ、懸命に欲情を押さえ込む。山村を頬張る華王の眉が苦痛をこらえるように歪む。

それを見ていた慎一が、ゆっくりと立ち上がった。布団に近寄り、

「……山村、冬弥のをしゃぶってやれ」

突然、慎一はそう言うと、華王の手をつかんで無理やり肉柱から引き離し、長襦袢を腿のあたりまでめくり上げた。

「——!?」

ぎょっとした華王が慎一を見上げるのと、山村が華王の腰を抱き寄せたのは同時だった。いきなり華王の肉柱が生温かいものに包まれる。

「あ…ッ」

華王は身体を震わせた。山村が口中深く華王を呑み込んでいる。

山村にそこまでさせるつもりがなかった華王は、慌てて腰を引こうとした。しかし山村の太い腕ががっしりと華王の腰をつかんで離さない。懸命に舌を使い、吸い上げてくる。

「ああ…」

技巧などなにもない。山村にただがむしゃらにしゃぶられ、吸われるだけなのに、華王は強烈な快感に身震いした。

飢えた子が乳にむしゃぶりつくように、山村が無我夢中で華王の肉柱を舐め回す。

意志に反して華王の口から熱いため息が漏れ、息が弾んでいく。

「…ああ……ええ………もっと…………もっと、吸って——」

狂いそうになる。

いったい自分の身体はどうなってしまったのか。昂ぶることも、達したくなることも、まったくこらえることができない。早く頂上にたどり着きたくて、腰が勝手に揺れてしまう。

しかし長年菊門で快感を得ることを覚えてきた身体は、肉柱を吸われただけではなかなかいけない。華王は山村を再び口で嬲りながら、じれったさに悶えた。

菊門と花壺がどんどん熱を持ち始める。

ああ、もう我慢ができない——！

慎一に、欲情に流される自分を見せたくはない。しかし華王はもうどうにも辛抱することができなくなっていた。

山村の肉柱の亀頭から、どんどん露があふれ出る。その露が華王の唾液と一緒になって幹を伝い落ちる。華王は伝い落ちる露と唾液を、山村を握っていないほうの手の指ですくうと、それをそのまま後ろ手に自分の腰にもっていった。

かろうじてまだ腰を覆っていた長襦袢の下に手を突っ込むと、前をしゃぶられる刺激でひくひくしている菊門に、その露を塗りつける。それさえももどかしく、菊門の周りがぬるぬるになったのがわかると、すぐに華王は自分の指を二本まとめて菊門の中に押し込んだ。

指は痛みもなく呑み込まれた。その指を、長襦袢の下で、腰の揺れに合わせて出し入れする。

「ああ……んっ……ふっ…！」

菊門を押し広げただけで、馴染んだ快感がわいてくる。前のほうもますます張りきり、露を吹き出す。しかし自分の手では奥まで届かない。指で入り口を刺激するだけしかない状態では、かえって苦しさが増した。

「あああ……………」

いきたい———でもいけない。

華王はあまりの辛さに、髪を振り乱すように頭を振った。もう山村をくわえる余裕すらなかった。

「浅ましい姿だな…」

不意に慎一の低い声が頭の上から振ってきたかと思うと、腰を覆っていた長襦袢が尻の上までめくられた。

「やっ……!」

菊門に自分の指を差し入れた姿が慎一の目にさらされる。華王は慌てて指を抜くと、長襦袢をつかんで腰を覆おうとした。その手を、慎一が押し止める。

「…いけないのか?」

慎一の低い声が再び振ってくる。

「…いけないいんだろう? 俺がいかしてやろうか?」

華王はぎょっとして、乱れた髪越しに慎一を見上げた。

慎一は暗い目をしたまま唇の端を歪めるようにして笑うと、おもむろに華王の菊門に触れてきた。

「ひッ…」

華王が息を呑んで身をすくめる。慎一の指が菊門をゆるゆると撫で回す。山村の露と華王の唾液で、そこはもうすでにたっぷりと濡れている。滑るように動く指の感触が、華王の欲情をさらに高める。息が苦しいほど荒くなる。

「さわられただけで、そんなにいいものなのか？」

慎一が含み笑う。慎一の声も妙に淫靡に濡れている。

「それならこれはどうだ？」

おもむろに指が押し込まれた。それも一本二本ではない。一気に三本も押し込まれていた。めいっぱい広がった菊門を、慎一の指が出入りする。

「…すごいな……根本まで呑み込んでいる。ほら、どうだ……気持ちいいのか？　もういきたければいってもいい。俺の指でいってみろ」

慎一の湿った声が聞こえたかと思うと、指の出し入れが激しくなった。

「う……ううっ！」

華王はたまらず呻いた。自分の指の比ではない。慎一の太く、長い指が奥まで届く。

しかし肛交に慣れた華王の身体は、痛みを感じるよりも快感に燃えた。

慎一の指が今自分を犯している。そう思っただけで、花壺の中が燃えるように熱くなる。

またあの疼くような快感が腹の底にわいてくる。一気に頂上が迫ってくる。

「ああ、あかん、山村さん、離して！　もう出そうやっ。口の中に出してしまう！」

華王は山村の口から自分を引き抜こうとした。しかし山村は華王を離すどころか、反対に強く吸い上げた。

「ああっ！　出る……出てしまうッ！」

こらえようとしたのにこらえきれず、華王は思いきり山村の口の中へ放ってしまった。

頭の中が真っ白になるほどの快感が、華王の背筋を突き抜けた。


お職の花魁の経験と技など、いったいなにほどのものだろう。

華王は打ちのめされた気分になっていた。湯船のへりに頭をもたせかけ、暗澹《あんたん》たる気分で目を閉じる。

昨夜はつい山村の口の中へ精を漏らしてしまった。客が特別に望んだとき以外、華王は今までそんな不始末をしたことがなかった。

接して漏らさずは男娼妓の基本である。なのに漏らさずどころか、まだ床にも慣れていないあんな若者に、自分の精を飲ませてしまった。これでは完全に娼妓失格である。

しかし本当にどうしたことだろうと思う。昨夜はあれから、また山村と交わった。華王のほうが先に達してしまったので、今度は山村をいかせてやるためだけにと思っていたのに、騎乗位で腰を使っている最中に慎一が横から華王の肉柱を握ってきたものだから、またもや華王はきざしてしまい、派手に精を漏らしてしまったのだ。自分でもなにがなにやらわからない。

慎一のせいだろうか……。

華王は思った。それ以外には思い当たらない。慎一の目を見た途端、自分はおかしくなる。あの目だ。さわやかな好青年の印象しかなかった慎一が、それまで華王が見たこともない淫欲に赤く濁った目で自分を見つめている。そして卑猥な言葉で自分を辱める。その途端、自分は狂いだす。慎一の手が触れると、信じられないような快感を感じてしまう。

「兄さん、背中を流しましょうか？」

洗い場にいた若月が声をかけてくれる。

「ああ、頼もか」

湯船のへりから顔を上げた華王は、しかしすぐに、

「…いや、やっぱりええ。もう少し浸かってる」

そう言って断ると、さりげなく手拭《てぬぐ》いで自分の股間を隠した。

（あほな…）

思わず周りを見回し、一緒に風呂に入っている娼妓たちに気づかれていないか確かめる。

風呂の中できざすなど、信じられない。これも慎一のせいだ。慎一のあの目を思い出しただけで、自分はこのざまだ。

華王は再び風呂のへりに頭を預けると、やるせないようなため息をついた。


みんなより一足遅く風呂を上がったものだから、少しのぼせてしまった。

華王は風呂場を出ると、そのまま二階の自分の部屋へは戻らず、一階の中庭に面する廊下の縁《ふち》に座り込んだ。

春夢楼の中庭には大きなしだれ桜の木が植わっている。先代楼主が春夢楼の前身である菊水楼を建てたときに植え入れたそうで、そのときにはもう立派な古木だったそうだ。樹齢二百年を超えると言われているしだれ桜は、今も春夢楼の名物として中庭の真ん中で長い枝を垂らしている。

八重の紅しだれなので、花の時期は長い。それでもさすがに五月に入った今はもうすっかり花を散らしていた。華王はこの桜の花が好きだった。生まれ育った実家の庭に、何本もこの桜が植わっていたからだ。華王はこの花を見ていると、懐かしさでいっぱいになる。だから毎年、花の季節には毎日のように飽かずに眺めていたものだ。しかし今年は心の騒ぐことが多く、ゆっくり花を眺める気にもなれなかった。華王はなんだかもったいないことをしたような気分になった。

こほん、こほんと、後ろで咳が聞こえた。振り向くと一之丞が「今年の風邪《かぜ》はしつこくていけない」と言いながら、顔をしかめた。

「一さん、身体には気をつけてや」

華王が言うと、一之丞は、

「嬉しいことを言ってくださる。私の身を心配してくれるのは華王花魁だけですよ」

そう言って苦笑した。

「禿たちなんぞは、あたしが風邪をひけば踊りの稽古を休めると思って喜ぶ始末だ」

「そんなことはない。みんなも一さんのことを心配してるんや。最近一さんが痩せてきたのは、夜は見世を切り回し、昼は禿らに踊りや三味線の稽古をつけたりと、忙しすぎるせいやないかと言うてる」

「年も年ですしねえ……もうあたしも昔ほど頑張りがききませんよ」

珍しく弱音を吐く一之丞に、

「そうやなあ……そろそろわちきが引退して、一さんを楽にさせてやらんとあかんのかもしれんな…」

華王がそう呟くように言うと、一之丞が「え?」という顔をした。

「花魁をやめられるんですか?」

華王は中庭に目を向けると、寂しそうな顔で笑った。

「もう潮時かもしれへん」

「なにをおっしゃる。花魁ならまだまだ…」

「いや、この桜とおんなじや。もうとっくに花を散らせてしもてる」

「花魁……どうかなさったんですか?」

横に座った一之丞が、怪訝そうに華王の顔をのぞき込む。

「いや、なんでもない…。ただ……娼妓としての自分にすっかり愛想を尽かしてしもただけや」

「愛想を尽かす、とは?」

一之丞の問いに、華王は苦笑いで応えただけだった。

一之丞はしばらく黙っていたが、不意に、

「日下部様がいらっしゃってからですね、花魁がおかしくなられたのは…」

そんなことを言った。華王はどきりとして、一之丞を見返した。

「昔…なにかあったんですか、あの人と」

一之丞が真剣な目で尋ねる。華王は一之丞の視線を避けるようにうつむくと、

「…わちきの義兄《あに》になる人やった……」

そうぽつりと答えた。

「……わちきには姉がいてな、その姉と結婚するはずやった人や」

「それで、そのお姉さんは今は？　日下部様の奥様にはなられんかったのですか？」

「姉は……結婚する前に、亡《の》うなった……」

「それは……」

　一之丞は言葉を呑んだ。そしてそれ以上はなにも訊かず、黙って華王の横で一緒に中庭を眺めていた。

　すっかり葉桜になったしだれ桜の枝が、風にさやさやと揺れている。

「一之丞さん、親方が呼んでるよ」

　廊下を走ってきた禿が、一之丞に向かって声をかけた。

「これ！　廊下を走っちゃいけないと言ってるだろ！」

　一之丞がいつものように小言を言いながら立ち上がる。

　一人残った華王は、風にそよぐ桜の枝を、いつまでも見ていた。

　慎一が初めて京都の冬弥の実家を訪れたのは、慎一が二十二、冬弥が十五のときだった。

　毎年のように冬弥のほうは慎一の別荘で夏を過ごしていたが、慎一は冬弥の家に来たことがなかった。それを申し訳なく思っていた冬弥が、父親に言って、慎一を招待してもらったのだ。

季節は春。庭の桜がぼちぼち咲き始めた頃だった。

慎一の都合でたった四日の滞在だったが、それでも冬弥は嬉しくてたまらなかった。

京都の実家には、冬弥以外に母と姉が一緒に住んでいた。父親は仕事の関係で東京の仮宅にいることがほとんどだったが、身体の弱い母と、その母の世話をしていた姉は京都の家を離れることができなかった。子供だった冬弥も当然母と姉と共に京都で暮らしていた。

慎一を初めて母や姉と会わせたときの誇らしさを、冬弥は今も忘れていない。

京都の実家の客間で、きっちりと背筋を伸ばして正座した慎一は、母や姉に向かって丁寧に挨拶をしてくれた。その礼儀正しさと、慎一の精悍な外見に、母と姉はぽうっと舞い上がって頬を上気させていた。冬弥がいつも話して聞かせていたのだが、実際に会った慎一は彼女たちの想像以上だったらしい。

翌日は花見を兼ねての歓迎の宴となった。冬弥の実家には広大な庭があり、桜の木が何本も植わっていた。まだ花の盛りには早かったが、それでも早咲きの桜はもう八分咲きになっている。その早咲きの桜の木の下に毛せんを敷き、酒や料理を並べた。

家族だけでは寂しいからと、もう一人呼ばれた客がいた。それが古雅《こが》光広《みつひろ》だった。

今から思えば、あのときすでに悲劇の歯車は回り始めていたのだ。

光広は、冬弥よりも五つ上だから、そのとき二十歳《はたち》だったと思う。

古雅家も元公家の伯爵家で、藤代の家とは古いつき合いがあった。しかも光広の父親は冬弥の父親と共同出資して会社を興しているので、光広の父と冬弥の父は共同経営者という関係である。だから光広も冬弥が小さい頃から知っている幼なじみだった。

春のうららかな陽の下、身内ばかりで行った花見の宴はなごやかに始まった。冬弥は幼い頃から修行させられている笛を披露し、慎一の盛大な拍手を受けた。普段は横になっていることが多い母親も、今日は顔色もよく上機嫌である。

姉はといえば……冬弥の姉の華絵は、冬弥よりも四つ上の十九だったが、その姉もいつになく何度も明るい笑い声をたてている。

冬弥は姉とよく似ていると言われていた。姉は色が白く楚々《そそ》としている京人形のような美人だった。そんな姉に似ていると言われるのは悪い気はしなかったが、しかし反面男らしくないと馬鹿にされているようにも思えて、複雑な気分だった。

「あちらの池にはなにがいるんです？」

慎一が庭にある池を指差して華絵に訊いた。

「鯉《こい》が…父が趣味で買い集めた錦鯉《にしきごい》がいてます」

華絵が答えると、慎一は、「へえ、見てみたいな」と言った。

「ほなら、見てみます？」

華絵が毛せんから降り、履き物を履く。慎一もすぐに華絵に続いた。

二人が十間ほど離れた池に向かうと、母親がその間に用をすませてくると言って家に戻った。毛せんの上は、光広と冬弥だけになった。

慎一と華絵が池の端にしゃがんで水面をのぞき込んでいる姿を見ながら、光広が「ふん」と鼻を鳴らした。

「馴れ馴れしいやつやな」

光広が不機嫌なわけは冬弥にはわかっている。光広は華絵が好きなのだ。

「大きな紡績会社の息子かなんか知らんけど、しょせんは平民やないか。それを、伯爵家の令嬢の華絵さんに、馴れ馴れしすぎる」

光広は憎々しげに、池のほとりの二人を睨んだ。

光広が日下部家のことを見下しているのは、冬弥も前から知っていた。なぜなら夏の日下部家の別荘には、冬弥と一緒に光広も招待されていたからだ。いや、本当は光広が目当てで慎一の父親は招待したのかもしれない。慎一の話では、父親は、慎一に華族の友人を作らせるためにあの夏の別荘に華族の息子たちを招待しているという話だ。それなら年の近い光広のほうが適任だろう。多分、幼い冬弥はおまけだったのではないか。

しかし当の光広は、最初からその話を拒んだ。光広は平民を見下している。いくら実業家として成功していても、日下部家は華族の家柄ではない。そのことが光広に日下部家を見下させる理由になっていた。

「そんな心配せえへんでも、光広さんは華絵姉さんの許嫁《いいなずけ》やろ?」

冬弥は笑いながら光広の心配を打ち消した。正式には結納を交わしていなかったが、藤代と古雅の家の間では、光広と華絵の将来の結婚は暗黙の了解となっていた。

「それに……」

冬弥は光広の誤解を解きたくて、言葉を足した。

「華族も平民も関係あらへんと思う。慎一さんは立派な人やし、ええ人や。僕は尊敬してる」

しかし冬弥の言葉はよけい光広を刺激したようで、

「なにがええ人や。おまえは子供やから騙されてるんや」

そう吐き捨てるように言うと、光広はまた池のそばの二人を睨んだ。

「あいつ、平民のくせに身分もわきまえんと華絵さんにちょっかいを出したりしたら、僕は許せへん!」

冬弥は困ったような顔で、もう黙るしかなかった。

「華絵さんはきれいな人だな」

夜、冬弥の部屋に遊びにきていた慎一がそう言った。

なにげない会話の中で、ぽつりと言った言葉だったが、冬弥はその言葉に強く反応した。昼間の光広の言葉がよみがえる。なんだか胸の中をちりちりと火で灼《や》かれるような不快感がした。

「…姉さんには許嫁がいてるよ」

とっさにそんなことを言ったのは、光広の心配が当たって欲しくなかったからだ。

「ああ、聞いたよ、今日来ていたあの青年だろ？　でも正式にはまだ決まってないんだって？」

慎一の声はくったくがなかったが、冬弥はよけいなほうへ神経をとがらせてしまった。

「そうやけど……でも家同士の話でもう決まってるようなもんや」

むきになる冬弥とは正反対に、慎一は「ふうん、そうか」と言っただけだった。

「冬弥と華絵さんはよく似ているな」

続けてこれもなにげなく言ったような慎一の言葉に、冬弥はまた過剰反応した。

「僕が女みたいやってこと？」

「ハハ、そんなつもりで言ったんじゃない。なんだ、冬弥は華絵さんと似ていると言われるのがいやなのか？　俺はほめたつもりなんだけどな」

慎一はおかしそうに笑うと、

「華絵さんは女性としてきれいだ。冬弥は……そうだな、男なのにきれいなんだ。あれ？

うまく言えないな、ま、どうでもいいか。とにかく冬弥もきれいだってことだよ」

なにやらうまくごまかされたような気がしたが、冬弥は不思議と気分は悪くなかった。

「男なのにきれい」などと、ほかの人間に言われていたら、もしかしたらすごく腹が立っていたかもしれない。しかし慎一の口からそう言われると、なにやら胸の奥がこそばゆいような気がして顔が赤くなった。

翌日、その翌日と、冬弥は慎一を京都の町へ案内して、あちこち連れ回した。楽しい時間はあっという間に過ぎ、慎一はまた夏の別荘での再会を約束して東京へ帰っていった。

しかし……結局その約束は守られることがなかった。

なぜなら、その年の夏、冬弥の父親の会社が傾き始めたからだ。

まだ子供だった冬弥には、詳しい状況はわからなかった。しかし、ひんぱんに父親が東京と京都を行き来し、金策に駆けずり回っていることは知っていた。そんな状況で、冬弥がのんびりと慎一の別荘に遊びに行くことなど考えられなかった。

そしてその年の暮れ、とうとう父親の会社は倒産してしまった。

あの頃のことはよく覚えているようで覚えていない。とにかく短い期間に信じられないほど多くの出来事が起きた。会社が倒産したその一週間後、冬弥の父親は首を吊った。その衝撃でもともと身体の弱かった母親が倒れ、年が明けて早々に父親のあとを追うように亡くなってしまった。共同経営者だった古雅の家は一家離散で行方不明となり、光広もどこへ行ったかわからなくなった。

残されたのは、莫大な借金と、華絵、冬弥の姉弟だけ。

どうしていいかわからなかった。両親を亡くした哀しみを受け入れる間もなく、債権者に押しかけられ、それまで親しかった人たちや親戚らにも背を向けられ、まだ未成年だった姉弟は途方に暮れるばかりだった。


そのときに手を差し伸べてくれたのが日下部家だ。いや、正しくは慎一だった。

藤代家の窮状を知った慎一が、彼の父親に頼んで華絵と冬弥を救ってくれたのだ。

藤代の家、土地を処分し、蔵の中の骨董品《こっとうひん》の類も少しでも高額で売れるようにと手を尽くしてくれた。その金で父の残した借金を返済し、それでもまだいくらか残った負債は、日下部家が肩代わりをしてくれた。

地獄に仏とはああいうことを言うのだろう。本当にいくら感謝してもしきれない。あのとき姉弟は本気で両親のあとを追うことを考えていたのだ。日下部家が手を差し伸べてくれなかったら、今頃冬弥はこの世にいなかったかもしれない。

住む家を失った二人は、慎一の誘いで上京することになった。慎一は東京で姉弟のために家を借りてくれ、生活の面倒まで見てくれた。

そして東京での生活がどうにか落ち着いた頃、慎一は華絵に結婚を申し込んだのだ。

華絵は慎一の求婚を受けた。


どこでなにが間違ったんだろう……。

華王は桜の木を見上げながら考えた。

父親の事業の失敗。両親の死。しかし今考えても、あれは自分にはどうすることもできなかった。運命だったのだろうと思う。

けれどそのあとはどうだろう？

慎一に東京に呼ばれて、華絵が慎一に求婚されて……。

もしかしたら、ほんの少しなにかが違っただけで、すべてが変わっていたかもしれない。

華絵は慎一の妻となり、慎一の子供を産んで、今も元気で暮らしていたかもしれない。

そして華王も、華王ではなく冬弥として、普通に働いて暮らしていただろう…。

華王はそっと涙を拭った。

後悔も懺悔《ざんげ》も、もう数えきれないほど繰り返してきた。もう一度あのときに時計を巻き戻すことができたらと願う。

それでも……またもう一度あの頃に戻ったとしたら、やはり自分は同じことを繰り返すかもしれないとも思うのだ。

自分のこの想いがある限り。慎一への想いがある限り。自分はまたあの間違いを起こしてしまうかもしれない……。


「…今日はどないしたんや?」

華王の上で動きながら、倉田が問う。

「いつもと違うな。気持ちええことないんか?」

「いいえ……」

華王は倉田の背中に腕を回した。

「…気持ちええ……まるで極楽や……」

熱い吐息混じりにそう答えると、倉田はのどの奥で「おほっ」と嬉しそうに笑った。

華王は考え事をやめ、行為に集中することにした。気がそれていたから倉田に気づかれたのだ。最近の自分は本当に娼妓失格だ…。

「この頃はおまえに会うのも一苦労じゃ。いつも誰かに先を越されて仕舞いをつけられておる」

倉田がゆっくりと腰を使いながら言う。

「でもわちきは……倉田の旦那がいっちええと思うておりんす」

倉田はまた「おほっ」と笑うと、

「おまえはほんにいつもかわいいことを言うてくれるな」

そう言って腰使いに力を込めてきた。

「ああ……」

華王は切ない息を漏らすとのけぞった。

倉田の太いがやわらかい一物が、華王の菊門を出入りしている。倉田が腰を打ちつけるたび、でっぷりとした倉田の腹に華王の花茎がこすられ、なんともいえず心地いい。

華王は激しい情交よりも、こうやってゆっくりと倉田に揺すられているほうが好きだった。倉田に抱かれているときは、気をやろうと思えばいつでもできる。それくらい気持ちよかった。

しかし今日はなにか違う。倉田に気づかれてしまったように、今ひとつ、行為に集中できないし、いつもほどの快感も得られない。もちろん華王は自在に自分の花茎を大きくも小さくもできるので、今だってちゃんとめいっぱいふくれ上がっている。

しかしやはりなにかが違う……。

物足りない。

「おおっ……おおっ……華王、ほれ、来るぞ……来るぞっ」

倉田の動きが少し激しくなる。倉田はいつも精を漏らすまでに長い時間がかかるが、そろそろその時が来たようだ。

「ああっ……旦那……旦那……いいっ…」

華王も倉田に合わせて腰を揺すった。いつもならここで自分も本当にいきそうになる。しかし今日は演技以外のなにものでもなかった。

「ああ……旦那の大きいのが……ああっ……もう……もうっ……わちきも漏らしてしまうっ」

派手に頭を振りながら、華王は大きく喘いだ。

「うおっ…！」

倉田が華王の上で伸び上がるように硬直した。華王の中で、倉田が二度、三度とはじける。

「ふうっ…」

三度ばかりはじけさせると、倉田は太い身体を華王の上にぐったりともたせかけ、はぁはぁと荒い息をついた。

「…ああ……よかった……」

華王も満足したようにため息をつく。

息が落ち着いてきた倉田が華王の上から降りて布団の上にごろりと仰向けになった。華王の菊門からずるりと倉田の一物が抜ける。華王は枕紙をとって自分の菊門からあふれた精を拭き取った。そのままその紙で本当は濡れていない自分の腹も拭き取る振りをする。

「また気をやってしまいんした……」

　恥ずかしそうに打ち明ける。それを真に受けた倉田が、「そうか、そうか」と嬉しそうに言い、華王の頭を撫でた。

　しばらく休んだあと、華王が煙草を吸いつけてそれを倉田に渡すと、倉田も腹ばいになって煙管をくわえた。

「そういえば、もうすぐ若月の突出しじゃな」

「はい、旦那、よろしゅうお頼み申しんす」

「ああ、しかしわしもこの年じゃからな、うまくことが運ぶかどうか……。なんせ、水揚げの相手は久しぶりじゃ」

「またそんなお戯れを…。旦那ほど床のお上手な方はなかなかおりいせん。立派なお宝もお持ちやし、旦那にならわちきのかわいい弟分を安心しておまかせできんす」

「ほほっ、おまえはほんに口がうまいのう」

　まんざらでもなさそうに倉田が笑う。

「まあ、できるだけ痛い思いをせんようにだけは気遣《きづこ》うてやるつもりじゃ。あんなかわいい妓を泣かせてはかわいそうじゃからの」

「お願い申しんす」

　言ってから、華王はふともうひとつ頼みを言い足すことにした。

「ねえ、旦那…」

「ん、なんじゃ?」

「もひとつお願いがございんす。……もし若月を気に入られたら、そのままあの妓の馴染みになっておくんなんし」

「なんじゃと? わしに馴染み替えをせえと言うのか?」

倉田は驚いたように煙管を口から離すと、華王を見た。

「…はい」

「それはできん。わしゃおまえが気に入っとるのじゃぞ。若月もかわいいが、わしゃおまえのほうが…」

「それなら」

華王は途中で倉田の言葉を遮った。

「それなら、旦那。……もしわちきが娼妓をやめたあとは、そのときはぜひ若月のことをかわいがっていただきますようお願い申しんす」

「な…おまえ、やめるのか?」

倉田がびっくりしたように華王を見返す。

「いいえ、今すぐというわけではありいせん。でもわちきももうそれなりの年でありんす。男娼妓は花の盛りが短いのが定め。この頃は先のことをいろいろ考えてしまいんす…」

「娼妓をやめたあとは、吉原を出て、なにかあてがあるのか?」

「いいえ、わちきは生涯吉原を出るつもりはありいせん。そのまま春夢楼《ここ》で番頭新造か遣手にでもなって勤め直すつもりでありんす」

華王はそう言うと、寂しそうに笑いながらため息をついた。

倉田は目を細めると、やさしく華王の頰を撫でた。

「おまえはほかの男娼妓とは違う。まだまだ今は花の盛りじゃ。……しかし先のことを憂えるおまえの気持ちもわからんではない。よし、わかった。いつかおまえが娼妓をやめるようなことがあったら、そのときは若月のことはわしにまかせておけ」

倉田の言葉を聞くと、華王は嬉しそうな笑顔を浮かべて、

「旦那……」

倉田の胸に寄り添った。

倉田は煙管を煙草盆に戻すと、愛おしそうに華王の身体を抱いた。


前回の登楼《とうろう》から三日と空けず、慎一がまた春夢楼に登楼《あが》ってきた。

慎一の登楼を告げられても、今度はもう華王は驚かなかった。なぜか、慎一はまた来るだろうと、そういう予感がしていたからだ。

だから、華王の部屋へ、慎一のあとに山村が入ってきたときも、むしろ当たり前のように受け止めた。慎一が来るとしたら、またあの書生を連れてくるかもしれない……そう思っていた。

ただ、今日部屋に入ってきたときの山村は、もうこの間のようにうつむきも、おどおどもしておらず、それには華王もちょっと驚いた。顔を上げ、堂々と慎一と共に部屋に入ってきた山村は、まるで慎一の共犯者になったように見えた。

いつものように酒宴は早々に締められた。見世の者が皆いなくなると、今日はすぐに慎一が立ち上がった。続いて、呼ばれもしないのに山村が立ち上がる。華王も誘われるように腰を上げると、黙って次の間に向かった。

三人が寝室に入ると、慎一は枕屏風をよけ、そして行灯《あんどん》に灯を入れてから襖を閉めた。

暗い部屋に、赤い行灯の灯《あかり》がぼんやりと浮かび上がる。その赤い灯に照らされて三人の男が立っている様は、なにやらとんでもなく不道徳で淫靡に見えた。華王はこのとき、自分も共犯者であることを悟った。三人は今、同じ赤い糸で繋がれているのだと感じた。

誰もしゃべる者はいない。皆、申し合わせたように無言である。

誰に指図されるでもなく、華王は裲襠を脱いだ。帯を解き、着物を肩からすべり落とす。

全裸になった華王が五ツ布団の上に横座ると、山村が、これも誰に指図されるではなく、袴と着物を脱ぎ捨てた。

慎一は服を着たまま布団の脇に立って見ている。

主《あるじ》に見つめられながら、山村が華王に近づく。山村は華王の目の前まで来ると、それが当然のように、ためらいもせず自分で自分の下帯を解いた。布の下から山村の隆々と反り返った肉柱が姿を現す。

太い血管が何本も浮いた肉柱を目の前にして、華王は嘆息を漏らした。山村が華王に催促するように、腰を突き出す。

「…花魁……この前みたいにしゃぶってくれ」

山村がうわずった声で、華王に指図する。華王は山村を立たせたまま、ゆっくりとそれを口に含んだ。重い双球を手で揉みしだきながら、大きく張った亀頭をしゃぶってやる。ぺちゃぺちゃと濡れた音が、静かな部屋に響く。

「う……」

山村が呻く。すぐに華王の舌に粘りをおびた露がまとわりつき始めた。舌でいくら舐め取っても、露はあとからあとからわいてくる。華王が亀頭を舐めながら、山村の幹を手でしごいてやると、

「……う………くっ」

山村がこらえるように下腹に力を入れたのがわかった。山村の肉柱がびくびくと震え、もう露に苦いものが混じり始める。

華王は、自分の横顔に慎一の視線が釘づけになっているのを感じた。自分が山村を嬲れば嬲るほど、慎一の目が怒りと欲情で煮え、赤く染まっていくのがわかる。そしてそうなった慎一を見ると、華王自身も怖いほどの昂ぶりを覚える。

慎一に見せるように、華王は山村をのど深くまでくわえ込んだ。

今度は唇でしごく。山村の大きな一物が、華王の口を深く浅く出入りするさまを、慎一に見せつけてやる。山村の息が荒くなり、腰が耐えきれないように揺れ始める。

露に混じる苦い味が濃くなってきたのを感じて、華王は山村を一度解放させてやることにした。大丈夫だ。若くて精の強い山村なら、まだ何度でも出せる。

華王が強く吸い上げると、山村は「うっ！」と呻いて、腰を突き出した。

はじける——華王は、山村の精を口で受け止める覚悟をした。

しかし山村の精が華王の口の中に撃ち出される寸前、華王はいきなり髪をつかまれ、後ろに引き倒された。

華王の口から山村の肉柱が踊り出る。その瞬間、先から白い飛沫《ひまつ》が放物線を描いて飛んだ。次々と撃ち出される飛沫は華王のむき出しの胸にかかり、みぞおちへと垂れ落ちる。華王は布団の上に引き倒されたまま、呆然と山村の飛沫を受けた。

見上げると、すぐ横に慎一が立っていた。慎一が華王の髪をつかんで引き倒したのだった。

華王の目を見つめがら、慎一が手を伸ばしてくる。仰向けに倒れている華王の胸にかかっている山村の精ごと、手の平で撫で回す。ぬるぬると、慎一の手の平が自分の肌を這うのを感じて、華王は身震いした。

「山村の魔羅《まら》は、そんなにうまいか？」

慎一が淫欲に煮えた目で訊く。

「…ええ」

華王が答えると、慎一の濡れた指先がおもむろに華王の乳首をきつくつまんだ。

「……ッ！」

しかし痛みは一瞬だった。すぐに慎一は力をゆるめた。ぬるぬるした指先が小さな蕾を揉む。慎一の指の動きは、意外なほどやさしかった。やんわりと蕾を揉みしだく。それだけですぐに華王の胸の蕾はふくらんだ。ぽってりと充血し、もっといじって欲しいとさらにふくらむ。

「…あ………はあ……」

慎一の指がふくらんだ蕾を執拗に揉む。その力加減とぬるぬるした感触がたまらなくいい。胸の蕾をいじられているだけで、腹の奥に火がともり、華王は悶えた。

蕾だけでなく股間のものもふくらんでいるのがわかる。あっという間に勃《た》ち上がったそれはどんどん大きくなり、すでに亀頭の先から涙をこぼし始めている。

乳首をいじられるだけで、もう華王はどうしようもなくなり、

「……う……や……山村さん……お願いや、僕のを……僕のをしゃぶって――」

苦しげな息の下から、そう懇願した。

「…山村、舐めてやれ」

慎一の許しが出るのと同時に、華王の肉柱が熱いものに包まれる。顔を上げて自分の股間を見ると、自分の足の間にうずくまっている大きな男の影が見えた。股間に顔を埋《うず》めた山村が、夢中になって華王の肉柱をしゃぶっている。

「あ……ああっ……！」

華王はたまらず、頭を振った。乱れた髪が顔にかかる。

狂いそうになる。また自分の身体が制御できなくなる。

慎一の指が乳首をいじり、山村が自分の肉柱を吸っている。それを見ただけで身の内に震えるような快感が走り、華王は一気に登りつめそうになった。

「ああ…っ。あかん、出るっ…！　もう出る！」

そう叫んだ途端、慎一が華王の股間に顔を向けた。

「山村、もういい。そこをどけろ」

山村が名残惜しそうに、華王の肉柱から口を離す。はぜる寸前で放り出された華王の肉柱を、今度は慎一の手が握った。激しくこすられる。

慎一の手が、胸と股間の両方を同時に刺激する。慎一が……慎一の手が――

(慎一さん――――!)

華王は大きくのけ反った。瞬時に登りつめる。

「あぁッ!」

慎一の手の中で、華王の肉柱が胴震いする。白い精が吹き上がる。

「……ん………くっ……ふ…うっ」

気を失いそうなほどの快感が何度も何度も襲ってくる。

放出の快感を堪能したあと、華王は涙でにじんだ目をゆっくりと開けた。

慎一が華王を見下ろしていた。

「慎一…さん……」

慎一は華王の呼びかけに答えず、淫靡な光を宿した目で華王を見つめながら、背広のポケットから薬包のような小さな紙包みを取り出した。

「………………?」

怪訝そうに華王が見つめる中、慎一はその紙包みの中の粉のようなものを、自分の手の平にさらさらと落とす。そしてその手を握り込む。慎一がその拳を何度も握ったりゆるめたりすると、手の中からぐちゅぐちゅという音がし始めた。

華王はその手が、さっき華王の肉柱を握って放出に導いた手であることを思い出した。するとその手の中にあるのは華王の精だ。さっきの粉が、華王の精と混ざり合ってそんな音を立てていたのだ。

そう気づいて華王が再び慎一を見上げたら、慎一は無言のまま、華王の身体を裏に返した。

「あっ…⁉」

驚く間もなく、華王の菊門に指が突き入れられる。痛くはなかった。指はなにかで濡れていた。ぬるぬると指が出入りする。華王は身体をすくめた。

いったん指が抜かれる。しかしホッとする間もなく、すぐにまた菊門に入ってくる。そのときにはぬるぬるが激しくなっている。慎一の指が、花壺の中を撫で回すように動く。出してはまた入れ、そしてまた中を撫で回す。それを何度も繰り返す。

途中で華王は慎一がなにをしているのか気づいた。なにかを自分の花壺の中に塗り込めているのだ。多分、さっきの粉と華王の精を練り合わしたものだ。

華王はそのことに気づくと、慎一の指から逃げるように布団の上を這った。しかしすぐに慎一の手が伸びてきて華王の腰を抱え込み、さらに指が深く突っ込まれた。

「やっ…あぁ…慎一さん、な…にを――」

華王が狼狽《ろうばい》したように言う。

いったいなにをしたのだ――自分の身体の中になにを入れたのだ⁉

華王が暴れると、ようやく慎一の手がゆるんだ。その隙に華王は逃げる。

必死で這って布団から降りようとしたとき、異変を感じた。

「――!?」

身体が熱い。いや、身体ではない。身体の中だ。花壺の中だ――

花壺の中が灼けるように熱い！

「くっ……！」

華王は唇を噛みしめて身体を丸めた。

じんじんとした熱が花壺の中全体に広がっていく。同時に、むず痒《がゆ》いような痛痒《つうよう》感に襲われる。

「な……に……？」

華王は呆然として、慎一を見上げた。

「なにを……入れたん……？」

「大丈夫だ、心配することはない。君がもっと気持ちよくなれるようにしただけだ」

慎一が低くかすれた声で言う。

じりじりと痒みが強くなる。花壺の中を掻きむしりたい衝動に駆られる。と同時に、身体が不穏な熱を持ち始める。次第に息が上がってくる。

「う……っ……」

華王は布団に顔を埋めた。声が出そうになったのだ。身体が、おかしい。

「あ……ああ……」

布団に顔を埋めたまま、華王は喘いだ。腹の中がただれたように熱くなり、股間が熱を持ち始める。ああ……たまらない。したくてしたくてたまらない――。

媚薬《びやく》か……！

華王は気づいた。今までにも客に何度か使われたことがある。それに似ている。

しかし、前に華王が使われた媚薬とは桁《けた》はずれに強い。これまで、薬でこんなに欲情を感じたことはない。華王は必死でこらえた。今にも自分で自分の花壺の中に手を突っ込みそうになる。手首の根本までねじ込んで、中の壁を掻きむしりたくなる。

華王は布団に突っ伏したまま、はち切れそうに猛った自分の肉柱を布団にこすりつけた。さっき放ったばかりなのに、また出したくて出したくてたまらない。

「いや……や……」

あまりに苦しくて涙がにじむ。我慢できずに、自分で自分の肉柱を握りしめる。

肉柱は信じられないほど硬く張りつめていた。はぁはぁと息が弾む。

華王は、慎一の目も顧みず、自分の肉柱を痛いほど強く握ると激しくこすった。

「あ……はぁっ……」

痛みすら快感になる。腰を振り、無我夢中でこすり続ける。しかし、いくらこすっても満足できない。まだ物足りない。もっと、もっと強い刺激が欲しくなる。

華王は苦痛をこらえた顔で慎一を見上げた。

「…どうした？　ここへ入れて欲しいのか」

慎一が指で華王の菊門を撫でこする。触れられただけで、身震いするような快感が走る。

「…う……」

華王はクッと唇を噛みしめた。言いたくない。意地でも言いたくない。

しかし…菊門を刺激する慎一の指は止まらない。華王は結局、自分に負けてしまった。

「……入れて…」

屈辱にまみれながら、慎一に哀願する。

「…お願いやから……入れて……もう……もう、我慢でけへん」

意地も恥もかなぐり捨てて、華王は慎一に頼んだ。しかし慎一は、苦痛に悶える華王を、自分も眉を寄せて苦しげな顔で見下ろすだけで、服さえ脱いでくれない。

「あ……ああ……」

苦しくて涙がこぼれる。

華王は復讐を受けているような気分だった。慎一を挑発し、傷つけて、自分から遠ざけようとした。自分の本当の姿を見せてやると言いながら、一番重い自分の罪を隠そうとした。

その罰を、今自分は受けている気がした。

「かんにん……かんにんやから……どないかして……」

華王は泣いた。これが罰なら、こんなに苦しい罰はなかった。

「もう……狂てしまう……」

充血した肉柱は、いくら激しくこすっても精を放ちはしない。いや、直前までいっているのだ。もう自分も出たくて出たくてたまらないように、出口のほんのそこまで来ているのだ。なのに、ああ……もどかしくてたまらない。

早く刺し貫かれたい。硬くて太いもので、このひくひくしている菊門を一気に刺し貫き、そして思う存分花壺の中をかき回して欲しい――。

自分でももう狂う限界かと思ったとき、

「山村」

慎一が山村を呼んだ。

「…入れてやれ」

慎一の一言で、待ちかねたように山村が華王の腰に飛びついてきた。華王の腰をつかんで引き上げ、一気に自分の肉柱を突き入れる。

「ああっ――!」

華王はのどを反らした。華王が口淫していたとき以上に猛った山村の肉柱が、容赦なく奥まで突き入ってくる。

華王はやっと得られた快感に絶叫した。

「ああ、そこや――そこを突いて!」

山村の猛った肉柱が奥まで貫き、イライラするほどむず痒くて熱を帯びていた部分を、激しく突きこする。

「ああっ！　ええ……ええよっ……！」

華王は夢中で腰を振った。この世のものとは思えないほどのたまらない快感だった。

華王は涙に濡れる目を開けて、正面の慎一を見た。

慎一はさっきと同じように、暗い欲情に染まった目で華王を見下ろしている。

華王は瞼《まぶた》の裏に慎一の姿を焼きつけてから、目を閉じた。

華王の耳の中に、いつかの若月の言葉がよみがえる。

（客に抱かれるときに、わっちは目をつぶって、兄さんの顔を思い浮かべる。兄さんが相手だと信じ込む。そうしたらどんな客が相手でも、わっちは喜んで抱かれることができます）

ああ、そうやな、若月。そうしたらええんやな……。

そうすることでしか、わちきらは好きな男に抱いてもらえんのやな……。

華王は、閉じた瞼の中に幻を描いた。慎一という幻影を描いた。

今、後ろから荒い息を吐きながら自分を刺し貫いているのは慎一だ。太くて硬い肉柱で、こんなに強烈な快楽を自分に与えているのは慎一だ。

そう想像した途端、脳までしびれるほどの快感が走り、焦れに焦れていた熱い奔流が華王の身体を駆け抜けた。大量の精がほとばしる！　華王は強烈な快感に意識を飛ばした。

はぁはぁと荒い息をつく。精を放って脱力した華王は、しかし意識が戻ると、まだ自分の肉柱がいっこうにしぼんでいないことに気がついた。恐ろしいほどの薬の効き目だった。昂ぶりは、衰えるどころかますますはち切れそうに猛っている。

（そんな……）

思わず涙がこぼれた。

「…かわいそうに……まだ満足できていないみたいだな、冬弥」

そんな華王を見て、慎一が近寄ってきた。

「…山村、入れたまま冬弥をおまえの膝の上に乗せてやれ」

華王の花壺の中には、まだ山村の硬い肉柱が納まったままだった。慎一の言葉に、山村は華王の身体を抱えると、自分は布団の上にあぐらをかくように座り、その膝の上に、繋がったままの華王を座らせた。

山村の胸に華王の背中が合わさる形なので、華王は猛った屹立を慎一の目の前にさらすことになった。

「い…や……や」

さすがにあまりの羞恥《しゅうち》に、華王は身をよじって逃れようとする。しかしすぐに山村の太い腕が、逃げられないように華王を抱き込む。

「山村、冬弥は胸をいじられるのが好きらしい。揉んでやれ」

山村は忠実な犬のように、慎一の言葉に従う。すぐに山村の手が華王の胸を這い、分厚い指がまだ山村の精で濡れている華王の乳首を揉みしだいた。

「あ……」

薬のせいか、身体中が敏感になっている華王は、それだけで熱い息を吐いた。のけぞって目をつぶった華王は、しかし次の瞬間、自分の肉柱の亀頭に、異様な感覚を覚えて目をむいた。自分の股間を見て、もう一度目をむく。慎一の手に握られた細い筆の先が、華王の亀頭の鈴口に差し込まれていた。

筆には見覚えがあった。それは華王が手慰みに絵を描くときに使う、極細の面相筆だった。文箱に入れてあったものを、いつの間にか慎一が取り出してきていた。

「…や……なにをするんや——!」

「…動くな、じっとしていろ。もっとよくしてやるから…」

慎一はそう言うと、筆先で自分の手の平の媚薬をすくい取ると、それをまた華王の鈴口に押しつけた。鈴口の割れ目が押し広げられる。くすぐるように筆先を震わせ、開かせた鈴口の奥に媚薬を塗り込める。その筆先の感触が、なんともいえない快楽の芽を呼び起こす。

「…あ……ふぅ……う……ん…」

筆先が華王の新しい露で濡れそぼってゆく。ちろちろと筆先で亀頭を嬲られる快感に、思わず華王の足の指が曲がる。しかしくすぐったいような心地よい快感は長く続かなかった。

やがて媚薬の効き目が現れ、尿道が、あの灼けるような痛痒感と熱を持ち始めたのだ。

「……う……くっ…！」

華王は山村の膝の上で悶えた。ますます硬く張りきった肉柱の中が燃えるように熱い。むず痒くてこそばゆくてたまらない。華王は耐えきれず、自分で自分の肉柱を握ってこすった。しかし外をいくら刺激しても、中の火照りを鎮めることができない。

「いや……あ……」

華王は涙を落とした。花壺の中なら山村の肉柱で貫いてこすってもらえる。しかし花茎の中まではどうすることもできない。

「ひど……なんで、こんな……」

華王が濡れた目で見上げると、慎一は黙って面相筆を上下逆さに持ち替えた。柄のほうを下に向けると、おもむろにその柄の先を華王の鈴口にあてがった。

「――――!?」

驚く間もなく、慎一が筆の柄を華王の尿道にゆっくりと押し込む。

「ひっ！」

華王は痛みともくすぐったさともつかない異様な感覚に息を呑んだ。異物感に身震いする。

「あぁッ…！」

羞恥と屈辱で目がくらみそうになる。しかし筆の柄が尿道のたまらなくむず痒いところを

こするので、その刺激が強烈な快感になる。慎一がゆっくりと筆の柄を上下させる。そのたびに排尿感と射精感に似た快感も生まれ、華王を快楽の淵に落とし込む。

「……ああ……ああ…………ええ………そ…こ…」

華王は尿道を刺激される快感に負け、思わず口走っていた。もうその方法でしか、自分の肉柱の中の火照りを鎮めることができないことがわかっていた。筆の柄で尿道をこすられるのがたまらなくいい。やめてほしくない。冬弥は涙を流しながら、慎一に懇願した。

「……そこ……慎一さん…………そこをこすって……もっと…もっと奥まで突っ込んでっ」

慎一が筆の柄を華王の尿道の奥深くまで差し込む。山村が指で乳首をこねながら、激しく腰を突き上げてくる。胸と菊門と尿道を同時に責められ、華王は三度襲ってきた絶頂感に、声にならない悲鳴を放った。

狂ってる………。

真っ白になりながら、華王は思った。

自分も山村も慎一も、みんな狂ってる——。

咳をする音を聞いて、華王は振り向く前に、「一さんか？」と訊いた。

「あれ、よくおわかりで」

「はよ風邪を治さなあかんで。近頃ますます痩せてきたんやないか?」

振り向きながら華王が言うと、

「花魁こそ」

と言って、一之丞は心配そうな顔をした。

「なんだか最近元気がありませんね? 顔色もよくないし、どこか具合でも悪いんですか?」

「別に、どこも悪うない」

華王は苦笑しながら、筆を置いた。昼食後のひとときを、華王はいつも客への手紙を書く時間にあてていた。

「日下部様へのお手紙ですか?」

一之丞が文机の上をのぞき込みながら訊く。

「いや、違う」

「そうですか。最近は日下部様が通いづめだから、あたしゃてっきり花魁がうまく手紙でお誘いしているのかと思いましたよ」

一之丞の言葉に華王は苦笑で答えるしかなかった。

たしかにあれから慎一は通いつめている。あの媚薬で狂ったような一夜を過ごした日から、わずか十日の間に五、六回は登楼《とうろう》しただろうか……。

あれから三人の狂気は、ますます深まっているように華王は感じていた。慎一は必ず山村を伴って登楼する。そして三人で朝までただれたような淫欲の時間に溺れるのだ。

三人といっても、相変わらず慎一は服すらも脱がない。時に媚薬を華王に塗り込め、時に華王の肉柱や胸の蕾を手でいじり、時に淫具で華王の菊門を嬲る。それだけだ。

実際に交わるのはいつも山村で、慎一はただそれをじっと暗い目で見つめている。そうだ、暗い目だ。最初の頃は、酒と怒りと淫欲で赤く濁った目をしていた。しかし日がたつにつれ、慎一の目は暗い色を帯びてきた。まるで哀しんでいるような目なのだ。そのくせ、その目の奥には淫靡な光が強く宿っている。

華王には慎一の考えていることがわからない。いや、わからないと思っているのはもしかしたら慎一のほうかもしれない。慎一の目の前で、彼の書生と交わった。すべてはあのときから始まったのだ。あれが慎一を狂わせたのかもしれない。もしそうなら、慎一をあんなふうにしたのは自分だ。こんな淫欲の地獄に引きずり込んでしまったのは、この自分だ。

華王はそう思うと、やりきれないような気分になってため息を漏らした。

「花魁、どうか?」

「あ、いや、なんでもない。それより一さん、なんぞわちきに用でもあったのとちがうか?」

「ああ、そうだ。肝心なことを忘れてましたよ。花魁、若月の突出しの衣装が届いたんです。下の大広間で今みんなに披露しているところなんですよ。花魁もいらしてくださいな」

「若月の衣装が?」

華王は明るい顔になった。

「すぐ行く。大広間やな？」


大広間には、もうすでにほかの娼妓もたくさん集まっていた。娼妓だけでなく、新造や禿たちまで、興奮の面持ちで広間をのぞき込んでいる。

華王が大広間に入ると、いち早く気づいた若月が、

「兄さん」

と嬉しそうな声で呼んだ。

「見てください。こんなに立派なお衣装が仕上がってきました」

広間の床の間を背に、衣装をかけた衣桁《いこう》が置いてあった。華王は見るなり、「ほう…」と嘆息した。

それは、黎明《れいめい》の空を思わせる深い青色の地の裲襠だった。背にぽっかりと浮かび上がるように白い三日月が描かれていて、その下には今を盛りと咲き誇る八重の紅しだれ桜が刺繍されている。

「兄さんが考えてくれた意匠を、こんなに見事に仕上げてくれました」

若月はそう言うと、華王を見て目を細めた。

それは若月の言うとおり、華王が考えた柄だった。若月の名にちなんで三日月と、この春夢楼の名物でもある中庭の紅しだれ桜を裲襠の模様にと考えたのだ。

夜明け頃、眠りについた客の床から抜け出た華王が、一人で見上げたしだれ桜と月。それは実際に何度も華王が見ていた景色だった。華王はあの幽玄で胸が締めつけられるようなはかない美しさを、若月の裲襠に写したのだ。

「兄さん、本当にありがとうございます」

若月は改まったように座ると、三つ指をついて華王に頭を下げた。

「こんな立派なお衣装……わっちにはもったいないほどです」

「なにを言うてるんや。兄分が弟分の突出しの世話をするのは当たり前やないか」

「それでも……こんな身に余るような豪華なお衣装を……」

若月は再び裲襠を見上げると声を詰まらせた。

若月の衣装は、華王が柄を考えただけではない。生地や仕立ての費用も全部華王の負担だった。いや、裲襠だけに限らず、弟娼妓の突出しに関《かか》わる一切の入り用は兄分である華王が出すことになっている。今の華王が負っている借金は、ほとんどこうやって弟分たちの新造出しや突出しにかかる費用だった。今回の若月の突出しでは水揚げを頼んだ倉田が後ろ盾になってかなりの援助をしてくれるが、それでも華王の負担はやはり少なくはなかった。

「おまえは将来きっとこの妓楼を背負って立つ花魁になると、わちきは思うてる。しっかりきばりや。そして一日でも早う借金を返して、自由の身になるんやで」

華王はそう言って若月を励ました。自分自身は吉原を出る気はない。しかし弟分たちには、早くここを出て、普通の男としての暮らしをしてもらいたかった。

「いいなあ、若月兄さん」

まだ新造になって日の浅い玉菊がうらやましそうに言う。

「おまえもあと二年したら、こんな衣装を作ってもらえる」

華王が言うと、玉菊は目を輝かした。

「華王花魁が作ってくれるの？」

華王は「そうやな…」と曖昧に微笑んだが、実際にはもうその頃には自分は花魁ではなくなっているだろうと思った。

「こら、玉菊。いつまでも華王花魁に世話をかけちゃいけないだろ。おまえの突出しのときはわっちが面倒を見てやるから、今からそんな心配するな」

横から若月が玉菊をたしなめる。

「頼もしいことやな」

華王はそう言って笑うと、もう一度若月の衣装を見上げ、三日後にこれを着る若月を想像した。そうやって気がすむまで目を楽しませてから、華王は広間をあとにした。

二階に戻るため中庭を囲む廊下を行くと、廊下の途中で柱にもたれて、しだれ桜の木を見上げている男に出会った。楼主の清蔵だった。着流し姿の清蔵が、懐に手を入れ、一人で桜の木を見上げていた。

「親方」

声をかけると、清蔵は振り返って、

「おう、華王か。なかなかいい裲襠だったな」

そう言いながら大広間のほうを顎で示した。

「親方ももう見てくれはったんですか」

「ああ、見たよ。あの柄はこの木を写したんだろ」

清蔵がしだれ桜を見上げたので、華王も横に並んで同じように木を仰いだ。

「ええ、この妓楼の名物ですから」

清蔵は返事の代わりにふんと鼻をならすと、

「一がおまえさんのことを心配してたぜ。この頃やつれたんじゃないかってよ」

華王を見てそう言った。

「大丈夫です。仕事は忙しいですけど、身体はなんともありません」

華王はしらっとそう答えたが、はたから自分がそんなふうに見えるのなら、それは度をすぎた荒淫とあの媚薬のせいかもしれないと思った。薬を使われると、華王は一晩の間に、五度も六度も精を漏らしてしまう。そんな生活がこの十日の間の半分も占めているのだ。疲れて見えても不思議ではない。

「わちきのことより、親方、もっと一さんのことを心配してやったらどないです？」

華王が言うと、清蔵はじろりと華王を横目で見た。華王はかまわず続けた。

「一さんは働きすぎや。やれ座敷や禿の仕込みやと寝る間もないほど忙しいのに、親方はなにもかも一さんに任せっきりやし……。あんなことしてたら、いつか倒れてしまう」

華王の小言に、清蔵はまたふんと鼻をならすと唇の端を上げた。

「ありゃ、殺しても死なねえタマさ」

華王があきれてため息をつくと、清蔵がまた華王を横目で見た。

「そういやあ、一が言ってたが、おまえさん、花魁をやめようと思ってるんだって？　いったいどうしたよ？」

「まあ……いろいろございましてね……。わちきももう男娼妓としては若《わこ》うないし……それにこのままわちきがこの仕事を続けてたら、ろくなことがないと……そう思たんです」

「ろくなこと？」

「ええ……人に道を誤らすのはわちきの本意やない。そやけどわちきと出会《でお》うたばかりに、狂ていく人もいてます……」

清蔵は華王の言葉を考えるようにしばらく黙っていたが、やがて、

「自分のために狂ってくれる客がいるなら、それは娼妓冥利《みょうり》に尽きるってもんじゃねえの

か」

　ぼそっとそう言った。

「……客だけ狂うならまだええけど……自分まで狂うたら、それは娼妓失格や。そやないですか、親方？」

　華王が訊くと、清蔵はいつものように返事の代わりに鼻をならしただけだった。

　華王は大事なことを言い足しておかなければと思った。

「借金のことは、また春夢楼《ここ》へ勤め直しさせてもろて、一生かかってでも返すつもりです。番頭新造でも遣手でも……それが務まらんかったら、下足番でも風呂焚きでもええ。死ぬまで働いて返します」

「よくよくおまえさんは変わりもんだなあ。身請けされるのもいや、花魁を続けるのもいや。お職にまでなりながら、いったいどういう了見なのか……変わりもんにもほどがあるぜ」

　あきれたように言う清蔵に、華王は笑った。

「親方に言われたら世話がない」

「俺たちゃ変わりもん同士ってわけか？　ふん……まあ、おまえさんの好きにするがいいさ」

　いつかのように、清蔵はあっさりと華王のわがままを受け入れてくれた。

　華王は、自分よりも清蔵のほうが数段変わりもんじゃないかと思っておかしくなった。

「…親方」

華王は不意に訊いてみたくなった。

「…親方はなんで吉原に男遊郭なんかを造る気にならはったんですか?」

清蔵は華王の言葉が聞こえていなかったかのように、しばらく黙っていたが、

「…昔はあの隅にも桜が植わっててな、これがなかなかいい木だった」

と、庭の片隅を見ながら、まったく関係のないことを言い始めた。

「なんで切ってしもたんですか?」

華王も同じ方向を見ながら訊くと、

「あまりに頃合いの高さなんで、遊女が首をくくって仕方なかったんだ」

清蔵の声はなにげない世間話をするようなものだったが、華王はぎょっとした。

「子供の頃、俺が朝起きてくるとな、その木に遊女がぶら下がってるんだ。俺はそういうのを何度も目にした。……だから俺がこの遊郭の跡を継いだとき、切ったんだ」

「………」

「今はもうその木はないが、しかしもしあったとしても、男なら、そう滅多に首をくくることもねえだろう? 子を孕《はら》んで、始末に失敗して命を落とすこともない」

「親方……」

清蔵はまた横目で華王を見ると、

「女はいろいろやっかいだが、男は楽だ。そういうことさ」

そう言って、もたれていた柱から離れると、ゆっくりと内所のほうへ戻っていった。

華王は、もう今はない桜の木の跡を見ると、思わずそっと手を合わせた。


その日の夕方のことだった。

夜見世の始まりに合わせて華王は化粧と髪結いを終え、着物を着たところだった。そこへ慌てたように一之丞が駆け込んできた。

「花魁、ちょっと」

「どうしたんや、そんなに慌てて」

葵に手伝ってもらいながら帯を締めると、華王は一之丞のほうを見た。

「今、下のお内所に客が――。花魁を身請けしたいと親方に直談判に来てるんです」

「なんやて？　わちきを身請け？」

華王は目を瞬かせると、

「いったい誰や？」

と怪訝な顔で訊いた。慎一の身請け話はとっくに断ってあるし、他に心当たりのある客もいない。第一、男娼妓を身請けしようなどと言い出す酔狂な人間のほうがもともといない。

「それが……」

一之丞は眉を寄せると、

「日下部様の書生さんなんです」

「山村さんが!?」

華王は驚いて、あの山村のにきび跡の残る顔を思い浮かべた。

「なんで山村さんがわちきを身請けするなんて言うてるんや?」

わけがわからず訊くと、一之丞が、

「あたしのほうが訊きたいですよ。花魁、いったいどうなってるんです?」

と、詰め寄った。

「どうなってるって……」

「最近、日下部様はずっとあの人を連れて登楼《とうろう》されてましたよね。お三人でどういう遊びをされていたのかは知りませんが、いきなり書生さんだけが茶屋も通さずに来て、花魁を身請けしたいなど……。世間知らずだと笑い飛ばせばいいようなもんですけどね、しかしあの書生さん、実際にとんでもない額のお金を持参してきてるんですよ。あの人はただの書生さんじゃなかったんですか? いったい何者なんです?」

そんなこと華王にもわからない。第一、山村とはほとんど話もしたことがない。慎一の目の前で互いの肉柱をくわえて吸い合ったり、獣のように交わり合ったりと、身体の繋がりは深かったが、しかしただそれだけの関係だ。それ以上のことはなにもない。自分は山村を慎一の身代わりとしてしか扱ってこなかった。

「とにかく、下へ来てくださいよ。親方とも話をしてください」

「あ、ああ…わかった」

華王はとりあえずうなずくと、一之丞と一緒に大階段を下りた。

華王は内所の襖を開ける前に、一之丞に、「このことを日下部様に電話して知らせといて」と言いおいた。

内所に入ると、すぐに山村の大きな身体が目に入った。山村は華王が来たことに気づくと、

「花魁!」

と叫んで駆け寄ってきた。

「花魁、今すぐあんたのことを身請けしたい。俺と一緒にここを出よう」

山村が真剣な顔で言う。にきび跡のある幼さの残る顔が、今は思いつめたような怖い顔になっていた。

「ちょっ……待ってください、山村さん。いったいこれはどういうことです?」

戸惑う華王に、山村は、

「金ならある。心配しなくてもあんたを身請けするだけの金はあるんだ」

そう言って、楼主の清蔵の前に置いてある風呂敷を指差した。

華王は目を見張った。確かに広げた風呂敷の上には札の束が何段も積まれていた。

「どうしたんです、そのお金は!?」

訊いたが、山村はそれには答えず、華王の手を握ったまま清蔵を振り返った。

「親方、その金で今すぐこの人をもらい受けたい」

焦ったように声を震わせながら言う山村に、清蔵は、

「それはできません」

と落ち着いた声で答えた。

「山村さんとやら、金があれば花魁を身請けできるってもんじゃないんですよ」

「ど、どうしてだ!?」

山村がむきになった顔で怒鳴る。清蔵はなおさら落ち着いた声で返答した。

「花魁を身請けするには、それなりの手順ってもんがあるんです。まず身請け金を支払うのはもちろんのことですが、ちゃんと身請けの日を決めて、それなりの準備をしなくちゃならないんですよ。たとえば馴染みの芸者や幇間などに赤飯や料理、祝儀を出さなきゃなりません。それから朋輩の娼妓たち全部に惣仕舞《そうじま》いをつけて、茶屋で別れの宴席を設けることも決まり事のひとつです。こんなふうに、そりゃあ金と時間と手間のかかるもんなんですよ。それに第一、自分がいくら花魁を身請けしたいと思っても、その当の花魁に承知してもらえなきゃ身請けなどできるわけがない。そういうことです、山村さん。わかっていただけましたか?」

山村は清蔵に馬鹿にされたと思ったのか、顔を真っ赤にした。

「そんなことはどうでもいい！　決まり事なんぞ俺は知らん。俺はこの人がいればいいんだ！　金は全部置いていく。その代わり今すぐこの人を連れていく！」

「落ち着いてください、山村さん。まずここへ座って、ゆっくりわちきとお話ししましょう」

華王は山村をなだめるために、そう言うと座布団を勧めた。しかし山村は座ろうともせず、

「時間がないんだ。花魁、俺と一緒に行こう！」

華王の手を強く引いた。

「お待ちなさい！」

そう一喝したのは清蔵だ。

「たとえお客人といえど、不作法がすぎると許しませんよ。廓の中には廓のしきたりってもんがあるんだ。それに従えないってんなら、さっさと春夢楼《ここ》を出ていってもらいましょう！」

清蔵は立ち上がると、

「おい、誰かいねえか！」

そう大声で呼びかけた。すぐに「へい！」と答える声がして、見世の若い衆が二、三人内所に駆けつけた。

山村が華王の手首を強く握って、構える。

そこへ一之丞が真っ青な顔で飛び込んできた。

「大変です、親方！　今、日下部様のお宅に電話したら、日下部様の家の金庫から大金がなくなって大騒ぎになっているそうです！」

「なんだと⁉」

清蔵が目をむく。

「それで、慎一さんは⁉」

思わず華王は訊いた。

「もうとっくにこちらへ向かわれてるそうです！　日下部様は犯人も目的もおわかりだったようです！」

一之丞はそう言うと、キッと山村を睨み据えた。

「あんた、その金は日下部様の金庫から盗んできたもんだね！」

山村の顔からサッと血の気が引く。

「なんで……山村さん、なんでそんなことを！」

華王は目を見張ると、声を震わせた。

「くそッ！」

山村は唸ると、華王の手を引いて内所を出ようとした。

「逃がすな！」

清蔵が叫ぶ。若い衆たちが部屋の入り口の前に立って行く手を塞いだ。

「どけ！　そこを通せ！」

山村が怒鳴る。しかし若い衆たちはどくどころか、間を詰めてくる。後ろには清蔵がいる。山村と華王は前後を挟まれる形になった。

「畜生！」

山村は左手を華王の首に回して動けなくすると、いきなり右手で華王の髪からかんざしを引き抜き、とがった先を華王の首筋に当てた。

「――――ッ！」

華王は息を呑んだ。清蔵と若い衆たちが凍りつき、一之丞が悲鳴をあげる。

「どけ！　そこをどかないと花魁の首を刺すぞ！」

山村は華王の首を腕で固めたまま、華王を引きずるように入り口に向かった。若い衆たちが立ちはだかろうとしたが、それを見た山村が、かんざしの先を華王の首に食い込むほど強く押しつけた。若い衆たちがひるんだように後ずさる。

山村はその機を逃さなかった。

「どけ！　どけっ！」

大きな声で若い衆たちをなぎ払うようによけさせると、山村は華王の手をつかんで内所を飛び出した。

「華王！」

「花魁！」

清蔵と一之丞が同時に叫ぶ。

山村はそのまま見世の入り口へ向かった。しかし騒ぎを聞きつけて二階から若い衆たちや娼妓たちが何人も階段を駆け下りてきたのを見て、チッと舌打ちすると、向きを変えた。

一階の廊下を走る。中庭に面する廊下へ出ると、山村は裸足《はだし》のまま庭へ飛び降りた。華王も無理やり引っ張られて庭へ降りる。

すぐに追っ手が追いついてきた。ドタドタと廊下を踏みならす音が中庭に響いたかと思うと、無数の足が庭へ飛び降りる音が聞こえた。

「野郎、待ちやがれ！」

山村は中庭の真ん中にあるしだれ桜の下を走り抜けて庭を突っ切ると、向かい側の板塀にある木戸を足で蹴破ろうとした。しかし木戸は思いのほか頑丈で、果たせないとわかった山村は方向を変えた。板塀沿いに走り、逃げる道を探したが、中庭はぐるりと高い板塀に囲まれていてどこにも出口はない。しかし追っ手が増え、妓楼の建物にも戻ることもできない。山村と華王は、追っ手に追い込まれる形で、妓楼の建物の端にある蔵の前に出た。

行き止まりだ、もう逃げられない、と華王はわかっていた。妓楼にはそんなに簡単に外へ出入りできる場所がない。これで山村はつかまる、と思った矢先、山村が強く華王の手を引いた。山村の行く手へ目をやった華王はハッとした。

蔵の扉が開いている――――。

いつもは閉まっているはずの蔵の扉が開いていた。その蔵には先代の楼主が集めた骨董の花器や掛け軸などが収蔵されていて、座敷の模様替えなどのときには、この蔵を開けてそれらの入れ替えをすることになっていた。

行き場を失った山村が華王を連れたまま、開いている扉から蔵の中へ飛び込む。蔵の中には洋燈が吊り下げられ、古い木箱を手にした春夢楼の番頭が立っていた。

「おや、花魁、いったいどうなすったんで？」

番頭が華王と山村を見て驚いたような顔をする。

「出ていけ！」

山村が怒鳴った。番頭はわけがわからず困惑した顔で華王を見たが、その華王の首にかんざしが突きつけられているのを見て、さっと顔色を変えた。

「早く出ていけと言ってるだろ！」

「ひ…ひゃあ！」

番頭は妙な声を出すと、持っていた木箱を落とし、転げるように外へ飛び出した。

追いついてきた若い衆たちが、番頭が出ていった入り口に、入れ替わるように姿を現す。

「こら！　さっさと花魁を放しやがれ！」

「花魁に傷でもつけたら承知しねえぞッ！」

若い衆たちが、口々に威嚇する。しかし山村は、

「来るな！　来たら花魁を刺す！」

そう叫び返して、蔵の奥へと華王を連れ込んだ。

「山村さん、もう逃げられへんのやから、観念したほうがええ。今やったら、わちきが親方に頼んで内々におさめてもろたる」

華王は、かんざしを突きつけられたまま山村を見上げた。山村は、華王を見返すと、哀しそうに顔を歪めた。

「もう遅い……もう遅いんだ、花魁。俺は社長の金に手をつけた。どのみち捕まれば刑務所行きだ」

「なんで…なんでそんなことを……」

山村はかんざしを華王の首から離すと、華王の身体を自分に向き合わせ、

「あんたを俺だけのものにしたかったんだ……」

そう言って泣きそうな顔になった。

「すまない、許してくれ、花魁。しかし俺にはこうするよりほかに、あんたを手に入れる方法がなかった……」

華王は言葉を失った。

「あんたを連れて、どこか遠くへ逃げるつもりだった。そこで誰にも邪魔されずに一緒に暮

らすつもりだった。でも……もう叶《かな》わない。それならいっそ……花魁、ここで俺と一緒に死んでくれ……」

「山村さん――」

華王は絶句すると、目を見開いた。

「花魁っ……！」

山村がすがりつくように華王に抱きついてくる。華王はその肩をつかむと、自分から引きはがして、山村の目を見据えた。

「あほなことを言うたらあかん！　わちきごときのために、若い命を粗末にしたらあかん！」

そう強い口調で叱ると、子供をあやすように山村の背中を撫でてやった。

「…してしもたことはしゃない。そやけど、まだ取り返しはつく。慎一さんに謝って、そして罪を償うんや。わちきはそれまで待っていてあげるから」

華王は若い山村に間違いを起こさせないようにと、必死の思いで言葉を綴《つづ》った。しかし山村は、

「俺は花魁と一日でも離れるのはいやだ！」

と言って首を横に振った。その目はまるで思いつめたように狂気の熱を帯び、一点を動かなくなっていた。華王はそれを見て愕然《がくぜん》となった。

これも自分の責任だ――。

自分の浅はかな行動が狂わせたのは慎一だけじゃなかった。この将来のある青年もまた、自分が狂わせていた。

人には心があるのが当たり前なのに、自分は山村の身体だけを欲して利用した。最初は慎一を遠ざけるために、そして途中からは、慎一の身代わりにするために…。華王は山村を、自分の欲望を満たす道具としてしか扱わなかったのだ。

そう思った途端、嵐のような後悔が華王を襲った。華王は自分の罪の深さを思い知った。

「山村さん……」

そのとき急に表が騒がしくなった。入り口の外でせわしげに言葉が行き交い、そして、

「山村！」

蔵の中に向かって、男の怒声が響いた。

華王は入り口を振り返った。開いた扉のところに、仁王立ちするような一人の男の影が見える。華王は目を見開いた。——慎一だった。

「慎一さん!?」

「冬弥、大丈夫か！　ケガはないか！」

慎一は焦ったようにそう呼びかけると、蔵の中に入ってこようとする。すかさず、

「来るな！」

山村が大きな声で怒鳴った。慎一は足を止めた。

「山村、馬鹿なことはするな。早く冬弥を放すんだ！」

「いやだ！　この人は渡さない！　あんたに渡すくらいなら、この人を道連れにして死んだほうがましだ！」

「山村――」

慎一が目を見開く。

そのときだった。山村がおもむろに、蔵の中に吊ってあった洋燈に手を伸ばしたかと思うと、蔵の床に叩きつけた。

ガシャンという音と同時に、一気に床に炎が這った。

「――――！」

華王は息を呑んだ。

「水だ！　水を持ってこい！」

慎一が外の若い衆に向かって大声で叫ぶ。

床を這う炎は洋燈の油と一緒に番頭が落とした木箱に流れ着き、木箱を燃やし始めた。山村はその上に、自分の横にあった木箱を投げつけた。木箱は床に落ちたと同時にふたが開き、中から掛け軸の巻いたものが転げ出た。その掛け軸に火が移り、炎が大きくなった。

「やめるんだ、山村！」

慎一の制止を聞かず、山村は次々に炎の中に木箱を投げ入れる。みるみる炎が大きくなり、慎一と華王たちとの間が火で遮られた。気が狂ったような山村の甲高い笑い声が蔵の中に響いた。

「俺のもんだ！　もうこの人は俺だけのもんだ！」

山村はもう完全に正気をなくしていた。

「冬弥！」

慎一の悲痛な叫び声が聞こえたが、華王は広がる火を見つめるうちに、これでいいのかもしれない、と思った。

これでいいのかもしれない。もしかしたらこれこそ自分にふさわしい最後なのかもしれない……。

「冬弥！」

叫びながら、慎一が炎を越えてこようとした。

「来たらあかん！」

華王が叫んだ。

「慎一さん、お願いやから来んといて。このまま僕をここで逝《い》かせて」

「冬弥、なにを言ってるんだ!?」

慎一が目を見張る。華王はどんどん大きくなる火の壁の向こうにいる慎一に、

「僕はここで山村さんと一緒に死ぬ」

と告げた。

「それが僕にふさわしい罰や…」

「馬鹿ッ。冬弥、君までなにを言ってるんだ！」

「姉さんが待ってるんや、慎一さん。あの世で姉さんが、僕を待ってる。僕は姉さんに謝りに行く」

炎が、棚の足にも燃え移った。パチパチと音を立てながら火は天井へ向かって伸びてゆく。煙と熱が蔵の中に充満する。煙のせいばかりでなく、華王の目から涙があふれて、慎一の姿をにじませた。

「慎一さん、姉さんを死なせてしもたんは、僕なんや」

「なんだって……!?」

炎の向こうで、慎一が絶句するのがわかった。

「ごめん、今まで言えんかった……。あの日の前の晩、僕は偶然光広さんに出会《でお》うたんや。光広さんは僕に、姉さんに会わせてくれって言うた。姉さんが慎一さんと婚約してるのを知ってて、それでも会わせてくれって……。ほんまはそのときに断ればよかったんや。そやけど……僕は、姉さんに嘘をついて……慎一さんが待ってるって嘘をついて……次の日に、姉さんを光広さんのところへ行かせた」

「なぜ……?」

慎一が、わけがわからないというように首を振る。

「光広さんは姉さんが好きやった。そやから光広さんが姉さんを連れて駆け落ちしてくれたらええと思たんや。そしたら、慎一さんを姉さんにとられやんですむ。慎一さんを僕だけのものにできる。今のこの人と一緒や。僕は嫉妬に駆られて自分のことしか考えてなかった……」

慎一が呆然として見つめている。

煙が回り息苦しくなってきた。華王はむせそうになるのをこらえ、言葉を継いだ。

「……でもやっぱりそんなのはあかんと思い直して、僕は姉さんのあとを追った。二人の待ち合わせの場所に行ったら……そしたら……」

言葉が詰まったのは煙のせいばかりじゃなかった。あの光景がよみがえる。何度も何度も夢に出てきては華王を苦しめる、あのときの光景が……。

血の海の中に横たわる二人。光広の手で、無理心中させられた華絵の姿が……。

華王は込み上げてくる嗚咽《おえつ》をこらえて、声を絞り出した。

「……そしたら姉さんは……姉さんは――」

「もういいっ」

慎一が苦しそうな声で遮った。

「わかった、冬弥。もういい、もうそれ以上言わなくていい」

火が天井まで回った。熱と煙がもう華王を耐えきれなくさせていた。

「日下部様、水です！」

誰かが怒鳴っている声が聞こえた。華王の意識が遠くなる。華王は自分をつかんでいる山村に身体を預けた。背中越しに、山村が激しく咳《せ》き込む音がする。

まだかろうじて生きている耳に、バシャッと水音のようなものが聞こえた。同時に、ジュン！と大きな音がし、白い煙が爆発したようにわき上がった。男たちのかけ声のようなものと一緒に、バシャッバシャッという大きな音が続けざまにする。

不意に華王の身体がなにかにすくい取られるように山村から離された。熱にあぶられた頬に、冷たい感触がする。

と、新鮮で冷たい空気がのどに入ってきた。華王は陸に揚げられた魚のように、身体を波打たせながら全身で息を吸い込んだ。

「花魁！　花魁！」

「兄さん！」

誰かが激しく身体を揺さぶって、自分を呼んでいる。

ああ、若月……若月…か？

「冬弥、しっかりしろ、冬弥！」

必死な声が自分を呼ぶ。冬弥……自分を冬弥と呼ぶ人間は、もう今ではこの世に一人しかいない。

慎一……さん……?

華王はうっすらと目を開けた。

まだ涙でにじんでいる視界に飛び込んできたのは、夕焼けの空と、慎一の顔だった。慎一の隣には、若月や一之丞の顔も見えた。

「大丈夫か、冬弥!?」

慎一が息せき切って訊く。慎一の身体は、まるで頭から水でもかぶったように全身びしょ濡れに濡れていた。

……いや、かぶったようにじゃない……かぶったんだ、自分を助けるために……。慎一は水をかぶって火の中に飛び込んでくれたんだ……。

華王は次第にはっきりしてきた意識の中で思った。

「兄さん、無事でよかった」

若月が泣きだす。隣の一之丞も目頭を押さえる。

(山村さんは……?)

意識が戻ると、華王はハッとした。頭をめぐらす。華王は蔵の外の中庭に身体を横たえられていた。蔵からは白い煙がもうもうと吹き出している。楼主の清蔵や見世の若い衆、それに娼妓たちが大勢で、次々に桶《おけ》やたらいに汲《く》んだ水を蔵の中に向けてかけている。煙はあるが火は見えない。どうやら火の勢いはもうおさまりかけているようだった。

華王は火が蔵の外に回らなかったことに胸を撫で下ろした。頑丈な蔵の中でよかった。外の火から収蔵物を守るように建てられている蔵は、逆に中の火も外へ漏れさせなかったらしい。あれが普通の座敷だったら、今頃春夢楼は火に包まれていたところだったろう。

自分が死ねなかったのは残念だが、春夢楼に火の害が及ばなかったことにひとまず安堵すると、華王は目で山村を捜した。

――いた。

山村は華王から一間ほど離れたところに一人で寝かされていた。身体を動かしているので、生きているのがわかった。華王はこれにも安堵した。

再び慎一の顔に視線を戻すと、慎一は辛そうに顔を歪め、

「すまない、山村のせいで君をとんでもない目に遭わせてしまった……」

そう言ってうなだれた。華王はなにか言おうとしたが、のどがいがらくて、うまく声が出せなかった。

「さ、とにかく部屋へ…」

一之丞の言葉に、慎一が顔を上げ、華王の身体に手を回す。

そのとき不意に、それまで見えていた夕焼けの空がなにかで遮られた。と、思った途端、

「死んでくれ、花魁！」

声と一緒に、黒い人影が華王の上に覆いかぶさってくるように見えた。その黒い人影は手になにかを持っていた。しかしその手が華王に届く寸前、慎一がその手を捉《とら》えた。同時に、一之丞が黒い人影に体当たりする。黒い人影は一之丞と一緒に中庭に身体を投げ出すように転び、二人で格闘を始めた。

若月の悲鳴で気づいた若い衆と慎一が一之丞に加勢する。すぐに黒い人影のほうが組み伏せられた。

「山村さん……」

華王は人影を見て、かすれた声で呟いた。それは山村だった。慎一の手には、山村から奪い取ったかんざしが握られていた。

地べたに押さえつけられた山村の上に乗っている一之丞が、華王を見て、もう大丈夫だというように笑顔を見せた。そして暴れたせいか、急に激しく咳き込みだした。

その次の瞬間――。

華王の視界に見えていた夕焼け空が、もっと真っ赤な色に染まった。

華王が内所の奥の部屋に入ると、布団に寝かされている一之丞の横で、楼主の清蔵がかけ布団にもたれるようにして眠っていた。

華王は勝手に箪笥から清蔵の丹前を出してくると、眠っている清蔵にかけてやった。

その気配で目覚めたのか、一之丞が目を開けた。

「……花魁…？」

華王は一之丞に向かって微笑むと、布団の脇に座った。

一之丞が華王を見上げながら口を開いた。

「…もう……お身体は大丈夫なんですか？」

「人のことより、自分の身体のことを心配しい」

華王はまだ少しかすれている声で答えると苦笑した。

「…やっぱり……胸でしたか……？」

一之丞の言葉に華王がためらいながらうなずくと、

「…そうかもしれないと思ってました……」

一之丞は寂しそうに笑った。

「ゆっくり養生して治したらええ」

華王が言うと、一之丞は、

「治るでしょうか……」

と気弱な言葉を吐いた。

「治るに決まってるやないか」

華王は一之丞を安心させてやるように笑顔を作ってみせた。

一之丞はあの日、山村を取り押さえたあと、血を吐いた。医者の見立ては結核だということだった。そういえば、一之丞は風邪が長引いていると言って長いこと咳をしていた。華王はどうしてもっと早く一之丞の病気に気づいてやれなかったのかと悔やんだ。

「あたしはどれくらい寝ていたんで？」

「丸一日や」

「なら夜見世が……」

起きようとする一之丞を、華王は慌てて押し止めた。

「なにゆうてるんや、動いたらあかん。じっと寝とき」

「でも…」

「大丈夫や今日は見世を休んでる」

「え…!?」

一之丞が驚いた顔になる。

「昨日あんなことがあったばっかりやし、蔵の片づけもせなあかんから、昨日と今日は見世を休んでる。そやから安心してゆっくり寝ててええ」

「…そうなんですか。珍しいことですね」

「一さんがこんなことになって、親方も見世どころやなかったんやろ」

華王が清蔵を目で示しながら苦笑すると、一之丞は今初めて気づいたように、

「親方!?」

清蔵を見て目を瞬かせた。

「あれからずっと一さんにつきっきりやったんや。疲れて眠らはったみたいやな…」

「親方が……」

一之丞が信じられないように言う。

「一さんをこの部屋へ運んで寝かせろと言うたんも親方や。そんなに心配なんやったら、普段からもっと情の濃いとこを見せてくれてもよかったのにな?」

華王が一之丞に同意を求めるように微笑むと、一之丞は、

「……花魁、気づいてたんですか…」

と、白い顔を少し赤らめた。華王は「そりゃあ…」と言って苦笑した。

「…なんとなく、わかるもんや」

「でも若い頃の話ですよ。……今はただの雇い主と使用人です」

一之丞はそう言うと恥ずかしそうに目尻に小皺を寄せた。

「……あたしは廓の生まれだって、いつか花魁に言ったことがありましたよね…」

一之丞が静かに話し始める。

「子供んときに役者の家に養子に出されて……女形として修行して舞台を踏んだこともあり

ますが、結局役者としては成功できなくってね、芳町の陰間茶屋で働いてたんですよ…」

華王は少し驚いたが、顔には出さずに黙って一之丞の話を聞いた。

「そのときに出会ったのが、この人でね……いわば客と陰間の間柄でした。もうずいぶん昔の話ですがね…」

「それで、この春夢楼を造るときに昔の馴染みやった一さんを呼んだんやな?」

「ええ、あたしなら廓のことも、陰間としての技も知ってる。少しは芸のたしなみもあるし、頃合いだったんじゃないですか」

一之丞はそう言って自嘲《じちよう》するように笑った。

「まあしかし、吉原に男遊郭を造ろうだなんてね、この人も突飛なことを考えたもんですよ」

「遊女よりも、男のほうがいろいろとやっかいごとがのうて楽やと思たそうや」

「そりゃ、ただの言い訳にしか聞こえませんがね」

一之丞は苦笑いすると、

「…この人が女を抱けないのは、廓で育ったせいだって、自分で言うんですよ。いったいどんなものを見てきたんだか……」

そう言って、神妙な顔になった。

「でも、もうあたしもこの人の役に立ってやれそうにない……」

「一さん……」

「花魁、長い間お世話になりましたね」

「一さん、ここを出ていくつもりなんか!?」

華王が驚いて訊くと、

「こんな病気になっちゃ、もうここにはいられませんよ」

一之丞は寂しそうに笑った。華王は返す言葉が見つからず、黙るしかなかった。

一之丞は華王にとって、春夢楼での母親のようなものだった。なにも知らない自分に一から仕込んでくれ、ここまでにしてくれた。だから一之丞を、このまま春夢楼《ここ》から追い出すのは忍びないと思う。多分一之丞にはもう身よりもないだろう。自分がどうにかしてやれるものならしてやりたかったが、しかし自分も借金を背負って苦界に沈む身……どうしてやることもできない……。

「とにかく……今は滋養のあるものを食べて、よう身体を休めることや」

胸が詰まるのをこらえ、今の華王にできるのは、そう言ってやることくらいだった。


翌々日は見世も開けられ、しかも若月の突出しの日ということで、春夢楼はついこの間の火事騒ぎも忘れたように浮き立っていた。春夢楼の見世先には、若月の祝いの品が山と置かれ、倉田から贈られた豪勢な緞子の三ツ布団も積み上げられている。

昼には、華王はあの月としだれ桜を描いた裲襠をまとった若月を連れ、花魁道中を踏んだ。若月の評判は上々で、すぐにまたこの遊び里に名をとどろかすようになることを予感させた。

夕刻からの宴も盛況のうちに過ぎ、無事に若月が倉田との床入りもすませる頃になると、やっと華王は一息ついた。

華王は今夜は若月の突出しに力を注ぐため、自分の客をとってはいなかった。だから若月が床入りするのを見届けると、肩の荷を下ろしたように自分の部屋へと戻った。

禿たちももう休ませてやり、一人で部屋へ戻った華王は、しかし襖を開けて息を吞んだ。

慎一がいた。

「慎一さん――」

慎一は華王の本部屋の座敷に一人で座っていた。

「今日はご登楼《とうろう》されるとは聞いていませんでしたが…」

華王が戸惑うと、慎一は、

「ああ、今日は親方のところに用があってね…。親方に会ったら、今夜は冬弥は客をとっていないから会いに行ってもいいと言われたよ」

「そうでしたか……。ああ、それやったらお酒でも…」

そう言って廊下に出ようとした華王を、慎一が呼び止めた。

「今日は客として来ているわけじゃない。酒はいらない」

華王はうなずくと、自分も座敷に座った。慎一と会うのは、あの事件の日以来だった。あの日、慎一は取り押さえられた山村を連れて帰ったきり、なんの連絡もよこしてこなかった。

「山村さんは、あれからどないされたんですか？」

華王は一番気になっていることを尋ねた。

「山村は田舎へ帰したよ」

慎一はあっさりとそう答えた。

「本当は警察沙汰《ざた》にしなければならないようなことをあいつはしたが……しかし元はといえば俺が悪いんだ。とても警察に突き出すような真似はできなかったよ」

華王はそれを聞いてホッとした。華王とて、思いは同じである。

「あいつも今は落ち着いて、とても反省している。だから、冬弥、あいつのことを許してやってくれ」

慎一はそう言うと、畳に手をついて華王に頭を下げた。

「手を上げてください、慎一さん。僕はなにもあの人を責める気持ちはありません。責めるどころか……本当に責められるは、この僕です…」

「冬弥…？」

「僕はあの人を利用してた……。慎一さんと繋がるために、あの人を人形みたいに扱うてた」

華王は素直に打ち明けた。慎一には、あの日、自分が姉にしたことも打ち明けている。もう慎一に嘘をつく必要はなにもなかった。

「俺もそうだ」

慎一にそう返されて、華王は驚いて慎一を見返した。

「俺もそうだった。俺は自分の代わりに、あいつに君を抱かせてたんだ」

意外な言葉に、華王は目を見張った。

慎一は辛そうな目をしていたが、しかしこの間までの暗い光は、今はその目から消えていた。

「華絵さんのことも……俺が本当に手に入れたかったのは、冬弥、君だった。しかしそんなことは無理だとわかっていた。だから、君によく似ていた華絵さんを妻にしようと思ったんだ。そうすれば君の義兄として、ずっと君をそばで見守ってやれるとも思った。俺は、卑《ひ》怯《きょう》な男だ」

「慎一さん!?」

慎一の告白は華王には信じられないようなものだった。

それなら、それなら……慎一も自分と同じ想いを抱いてくれていたというのか――!?

「君は華絵さんを死に追いやったことを悔やんで苦しんでいる。しかし俺も同じだった。俺はずっと自分が華絵さんを死なせたんだと思ってきた。今もそう思っている。俺のよこしまな気持ちがなかったら、彼女をあんな目に遭わせることはなかったんだ……」

そう言うと、慎一は真剣な目で華王を見つめた。

「冬弥、もう罪も罰も一人で背負うな。あれは君一人のせいじゃない。俺と君の二人が作った罪なんだ。どちらがどうとかそういう問題でもない。俺か君か、どちらか一人でもあんな気持ちを抱いていなかったら、あの事件は起きなかった。それならその罪も罰も二人で背負おう。一生、二人で背負っていこう」

「慎一さん……」

華王の胸に熱いものがせり上がった。

もう、自分は一人で背負わなくていいのか……

たとえ許されることは永遠にないとしても、一生この苦しみと後悔を自分と一緒に背負ってくれる人がいるのか……

華王はこらえきれず、慎一の胸に飛び込んだ。そして声をあげて泣いた。

この七年間、一日も忘れたことがなかった自分の罪と、姉の最期の姿。

ずっとずっと辛かった。一人で背負うにはあまりに重くて、そして怖かった。哀しかった。

こんなふうに、泣きたくても泣けなかった。一緒に泣いてくれる人もいなかった。

華王は慎一にしがみつくと、海で溺れて助けてもらった子供のときのように、声をあげて泣きじゃくった。

赤い行灯の灯が、華王の寝室をぼんやりと照らしていた。

慎一とはあれほどこの部屋で狂ったように淫靡な遊びを繰り返したというのに、こうやって慎一と二人っきりで床に入るのは、実はこれが初めてだった。

誘ったのはどちらでもない。さんざん泣いて泣き尽くした華王を、慎一はずっと抱きしめてくれていた。そして気がつくと、二人で立って、次の間の襖を開けていた。

互いに一瞬でも目を離すのが惜しいように見つめ合いながら、着ているものを脱いだ。

華王は、今日は慎一が客として来ていなかったことが嬉しかった。場所は春夢楼、お職の花魁、華王の本部屋の寝室だったが、慎一と華王は客と娼妓としてではなく、やっと愛を確かめ合うことのできる恋人同士として、向かい合っていた。

華王はかんざしも櫛もすべて取ると、結っていた髪も下ろした。華王としてではなく、冬弥として慎一に抱かれたかったからだ。

「冬弥」

「慎一さん…」

互いに名を呼び合うと、それが合図になって、二人は五ツ布団の上に絡み合って倒れた。

慎一のたくましい胸に抱きすくめられ、恍惚のため息を漏らす。

初めて慎一の胸に抱かれたのは、慎一が十七で、華王がまだ十のときだった。あれからいったい何年たったのだろう……。

「……慎一さん、覚えてる？」

華王は……いや、冬弥は慎一の胸に顔を埋めながら囁いた。

「あの海で僕が溺れたとき、慎一さんが助けてくれて、こうやって抱きしめてくれた……」

「覚えている」

慎一は即座に答えると、

「君の身体を抱きしめたとき、海の中なのに昂ぶってしまって戸惑った…」

そう言って、苦笑するように吐息を漏らした。冬弥は驚いた。そして幸福な気持ちにもなった。

そうか……あのときから自分たちは始まっていたのだ。自分の感情に名前をつけられないまま、互いを心の中に刻み合っていたのだ……。

なんと遠回りしたことだろう。十数年の歳月をへて、今やっとあの頃の想いを遂げることができる。互いに癒えることのない傷を負いながら、それでもこうやって、抱きしめ合うことができる……。

冬弥はそう考えただけで、生きていてよかったと思った。自分の罪の重みに耐えきれず、何度も死のうと思った。罪の贖いのために入った苦界で、死んだほうがましだと思うような仕打ちを客から受けたことも何度もあった。

それでも生きていてよかった……。今こうやって、自分は慎一の腕の中にいる。あれほど焦がれた、罪を犯してしまうほど恋い慕った男に抱かれている――。

二人は互いに求め合うように唇を合わせた。

激しく舌を絡め、狂おしいほど吸い尽くす。一分の隙間もないほど身体を寄り合わせる。互いの屹立が腹に触れる。その腹があふれる露で濡れてゆく。慎一との床では、駆け引きも性技もなに一つ必要なかった。ただ突き上げてくる想いのままに互いを求め合った。

慎一が荒々しく冬弥の肌を噛む。まるで冬弥を食い尽くすように、身体中に噛み跡を残してゆく。冬弥も夢中で慎一の肌に歯を立てた。気の遠くなるくらいの長い間の飢えが二人にそうさせた。痛みはすぐに快感になる。身体の内と外から、灼けるほどの熱と快感がわき上がってくる。

乳首に歯を立てられたとき、思わず冬弥は身体を反らして呻いた。客に同じことをされたときとは比べものにならないほどの快感が背筋を走った。舌で胸の蕾をこねられただけで身悶えしてしまう。体温が上昇し、息が上がる。

やがて慎一の唇が胸から腹をたどり、冬弥の下腹部に近づく。自分の猛りきった肉柱が慎一の手で握られ、亀頭に慎一の息が触れるのを感じて、冬弥は思わず上半身を起こした。

「――慎一さん、そんなことまでせんでええ。それなら僕のほうが慎一さんのを…」

慌てて慎一を止めようとしたが、しかし慎一は怒ったような目で冬弥を見上げた。

「今までどれだけ我慢していたと思ってるんだ」

「慎一さん……」

「君が山村と交わる姿を、俺がどんな気持ちで見ていたと思うんだ。やっと自分の手で君を抱けるんだぞ。——頼むから俺のしたいようにさせてくれ」

冬弥は言葉を呑んだ。

慎一は自分の代わりに山村に冬弥を犯させながら、どんな想いでそれを見ていたのだろう。山村と冬弥の交合を見つめていたあの赤く濁った暗い目は、激しい嫉妬だったのだと、今、冬弥はやっとわかる。慎一の本音を知って、冬弥の胸の奥が切なく疼いた。

冬弥は身体の力を抜くと、布団に頭を落とした。慎一にすべてを委《ゆだ》ねるように目を閉じる。

それを見て、すぐに慎一の口が冬弥の屹立を呑み込んだ。

「う……」

慎一の熱い舌が、冬弥の肉柱を捉える。冬弥は自分の肉柱が慎一の口の中で、これまでないほど大きく張りつめているのがわかった。そのふくれきった肉柱を、慎一は熱い舌で激しく舐め回し、わき出す露を音を立てて吸い取った。

「あぁッ……!」

気が狂いそうになる——。冬弥は背をしならせながら、頭を振った。

「慎一さん………慎一さんのも…僕に……」

喘ぎながら冬弥もねだる。自分も慎一が欲しくて仕方なかった。慎一はすぐに応えてくれた。冬弥を口に含んだまま身体をずらし、冬弥の顔を跨いだ。

冬弥は待っていたように慎一の屹立をつかんだ。慎一の肉柱は、山村に負けないほど雄々しく立派だった。冬弥は愛おしくてたまらないその肉柱に頬を寄せ、そして唇を這わせた。

本当に食べてしまいたいと思う。こんなにも男の肉柱を愛おしく思ったのも、欲したのも初めてだった。冬弥は技巧もなにもかも忘れ、夢中で慎一の肉柱を貪《むさぼ》った。

「ああ……いい……冬弥……」

慎一が呻く。冬弥が舌を這わすたびに、慎一の肉柱はビクビクと奮い立った。先から透明の露があふれ出る。冬弥はそれを尊い甘露のように、一滴残らず舌で舐め尽くす。

慎一が冬弥を含んだまま、くぐもった呻きを何度も漏らす。しかし冬弥への激しい愛撫《あいぶ》も途切らせない。唇で根本からしごき上げ、舌で幹や亀頭を舐め回す。

慎一の口の中で、冬弥は自分の肉柱がどろどろにとけてしまうのではないかと思った。敏感な亀頭の鈴口に、硬くとがらせた舌先が差し込まれ、荒々しく尿道まで犯される。冬弥は思わず悲鳴を放った。こんなに甘くて強い刺激は初めてだった。

花茎のくびれを甘嚙みされ、抜けるかと思うほど強く吸い上げられる。

慎一の激しい口交に、冬弥は一気に絶頂に駆け上がる。

「ああッ、慎一さん！　嚙んでっ……そのまま嚙みちぎって――！」

思わず冬弥は叫んでいた。本当に慎一になら嚙みちぎられてもいいと思った。この怖いほどの快感の頂点を極めたまま、慎一に永遠に呑み込まれたい。そして慎一の一部になりたい。爆発したような衝撃が、脊髄《せきずい》を火の矢となって脳天まで駆け上る。

「ああッ、出るっ！」

慎一は冬弥の肉柱を噛みちぎる代わりに、冬弥の放った大量の精を、音を立てて飲みきった。媚薬を使われたときですら、これほどの絶頂感を感じたことはなかった。本当に極めるということは、こういうことをいうのだと思った。それほどの快感だった。

あまりの快感に、冬弥はしばらくの間、完全に意識を飛ばしていた。

意識が戻ったときには、菊門を舐められる感触があった。うつぶせにされ、尻の肉を押し分けられ、熱く濡れた舌に菊門を舐められている。

ぺちゃぺちゃという濡れた音が聞こえる。生温かい唾液が股の間を伝って流れ落ちる

「あ……ふ……うん……」

舌でそっと舐められるたび、自分の菊門がひくひくと動くのを感じる。時々舌先が菊門を押し広げるように少しだけ入ってくる。慎一の舌は媚薬より強烈だ。執拗に舐められ、舌先を入れられるだけで、もう冬弥の菊門は充血し、熱を帯びている。ついさっき、放出の快感を得たばかりなのに、またもや冬弥の身体の中に切ない疼きが生まれ、火が燃え始める。もっと太いもので貫いて欲しくてたまらなくなる。

冬弥の腹と布団の間で、大きく育った肉柱が、とろとろと露を漏らし始める。

冬弥はこらえきれず布団を握りしめた。

「……もう……もうええ、慎一さん。……早く……早く慎一さんが欲しい……!」

冬弥は顔を上げると、慎一を呼ぶように手を差し伸べた。

「……来て……本物の慎一さんを、早う入れてっ……」

慎一は待っていたようにその手をつかむと、冬弥の身体を仰向けに返し、その上に乗り上げてきた。

冬弥が大きく足を開く。待っている間ですらもどかしい。早く、早くと、腰が揺れる。濡れて疼く菊門に慎一のたくましい肉柱があてがわれる。慎一が腰を入れると、太い肉柱は濡れて熟れきった花壺の中に勢いよく入ってきた。

「ああ……っ!」

それだけで脊髄をしびれるような快感が走り、切ない息が漏れた。

「やっとひとつになれたな、冬弥……」

慎一がやさしい目で見つめながら言う。冬弥は胸に熱いものがせり上がってくるのを感じた。いったい自分はどれほどこの瞬間を待ち焦がれてきただろう。

「…夢やないんやな……ほんまに慎一さんが僕の中にいてる……」

こんな日が本当に来るなんて思ってもいなかった。慎一が自分の中にいる。今、自分の中を満たしているのは、慎一の身代わりなんかじゃない。本物の慎一だ。もう目をつぶって抱かれなくていい。慎一の幻に抱かれなくていい。

そう思っただけで、冬弥は嬉しさに泣きそうになった。

慎一が動き始める。太い幹がいっぱいまで広がった菊門をこすり、長い肉柱の先端が冬弥の花壺の奥を突く。そのたびに激しい快感が冬弥を襲う。

「あぁッ……ええ……ええよっ、慎一さん――」

冬弥は髪を振り乱して悶えた。

「ここか……ここがいいのか?」

慎一が激しく突き上げながら、荒い息の下から訊く。しかし冬弥は答えられない。

どこもかしこもすべていい。慎一の肉柱がこするすべての部分から、信じられないような強い快感がわいてくる。

「ああっ、もう――!」

冬弥は二度目の絶頂に向かって駆け上がった。

「またいってしまう、慎一さんっ!」

「…ああ、俺もいく、冬弥っ!」

いっそうふくれ上がった慎一が、冬弥の中で勢いよくはじける。冬弥も自分と慎一との腹の間に激しく精を吹き上げる。二人は、愛する人とでないと得られない究極の絶頂感に包まれながら、同時に身体を硬直させた。

荒れた息がおさまり、ようやく言葉を紡げるようになった頃、

「……冬弥……俺は生涯、君以外を抱けそうにないよ…」

身体を重ねたまま、慎一が呟いた。

冬弥は目を開けて慎一を見上げた。慎一が冬弥を見下ろして真摯《しんし》な目で告げる。

「…冬弥、俺はもう一生、君を離したくない。君を……愛してる」

思わず冬弥の目から涙があふれた。

自分も……自分も、あなたを愛している。あなた以外を愛せない――。

声にならない言葉を胸の中で叫んで、

「慎一さん――」

冬弥は力いっぱい慎一を抱きしめた。


「……やはり春夢楼《こここ》を出ないと言うのか?」

慎一が冬弥の長い髪を梳《す》くように撫でながら訊く。

熱情の嵐に巻き込まれるように、何度も激しい交わりを繰り返したあと、冬弥と慎一はようやく訪れた静かな時間を過ごしていた。

冬弥の襦袢を肩に羽織って、慎一は布団の上にあぐらをかいて座っている。その慎一の胸

に背中を預けて、長襦袢姿の冬弥は窓の外の夜空を眺めていた。開けた窓から入ってくる夜気が、まだ火照りの鎮まりきらない身体に心地よかった。

「僕だけ幸せになることはでけへん……」

冬弥はそう言うと、静かに首を振った。

慎一は、またもや冬弥の身請けを申し出てくれた。しかし冬弥は慎一の好意を受け入れることができなかった。

「慎一さん……今、僕はものすごう幸せや…。幸せすぎて、これ以上幸せになったらあかん気がする……」

「どうしても……自分を許せないのか？」

慎一は冬弥の髪から手を離すと、両腕を、冬弥を抱き込むように回した。

冬弥は、自分の胸に回された慎一の腕に自分の手を重ねると、

「姉さんは慎一さんが好きやったんや……」

そうぽつりと言葉を漏らした。

「慎一さんと初めて会うたときから、姉さんは慎一さんが好きやった。そやから慎一さんから結婚を申し込まれたとき、姉さんはほんまに喜んでた……」

「そうか…」

慎一が沈んだ声で答えた。重いため息が冬弥の髪に落ちる。

もしかしたら、華絵が光広を好きだったほうが、慎一にも救いがあったかもしれない。

冬弥はそう思った。

自分を愛していた華絵を、慎一は冬弥の身代わりにしようとした。ただ冬弥との繋がりを持ち続けたいためだけに、華絵を利用しようとした。

自分たちはいったいどれほど罪深いのだろう……。

「吉原《ここ》を出て、外で普通に暮らすのは簡単なことかもしれんけど、僕はそうしとうない。ここで暮らすことが姉さんへの償いになるとも思わへんけど……それでも僕は、どこかへ自分を縛りつけることで、姉さんへの詫びの気持ちにしたい…」

「俺とも……もう会わないと言うのか？」

不安そうな慎一の声が、冬弥の耳元で震えるように聞こえた。冬弥は慎一の腕に重ねていた手を離した。

本当はそうするべきなのだろう。華絵に詫びるためなら、自分は慎一と決別するべきなのだろう。でも……。

冬弥は慎一の腕の中から抜けると、窓を閉めに立った。窓の障子に手をかけると、冬弥は慎一に背を向けたまま呟いた。

「……僕は……もう慎一さんとはよう離れん……」

どんなに罪深いと思っても、地獄へ堕ちるかもしれないと思っても……慎一と想いが通じ合い、あんなに激しく身体で愛を確かめ合った今となっては、もう慎一を失うことなど考えられなかった。

「冬弥……」

裲襠を羽織ったまま、慎一が窓際までやってきて、冬弥を背中から抱きしめた。冬弥は顔を上げると、慎一を見上げた。

「そやけど……春夢楼《ここ》を離れることもようせん……」

「まだ花魁を続けると言うのか？　…また……他の男に抱かれるのか？」

慎一が辛そうな顔で訊く。冬弥はゆっくりと首を横に振った。

「…娼妓は……もうやめたい」

もう慎一以外の男に抱かれることなど、自分にはできないと思った。

「娼妓をやめてどうする？」

「妓楼には裏方の仕事も多いし、その気になれば、僕にでもできる仕事はあると思う…」

慎一は冬弥の言葉を聞くと、ゆっくりと冬弥の身体を自分のほうへ向けた。向き合う形になると、慎一はまっすぐ冬弥の目を見つめた。

「それなら、冬弥。君はこの妓楼の主になる気はないか？」

「僕が、春夢楼の……主…？」

慎一の言っていることの意味がわからず、冬弥は眉を寄せて慎一に訊き返した。慎一は真《ま》面目《じめ》な顔でうなずいた。

「俺はこの春夢楼を買おうと思う」

「え……!?」

冬弥は目を見張った。

「慎一さん、そんな悪い冗談を……」

「冗談じゃない」

慎一は冬弥の言葉を遮ると、なおいっそう真剣な顔で冬弥を見つめた。

「清蔵親方が、この妓楼を売りたいと言っている」

「親方が――!?」

冬弥はびっくりした。

「どうして……!?」

「一之丞さんの病気を治すために、ここをたたんで一緒に田舎へ引っ越したいそうだ」

「――!」

「親方は自分の残りの人生を、一之丞さんのために使いたいと言っている」

慎一の言葉を聞いて、冬弥は胸が詰まった。

「あの親方が……」

冬弥は涙がにじみそうになり、胸の中で、（一さん…）と呼びかけた。

（よかったな、一さん。親方はやっぱり今も一さんを好きやったんやな……）

慎一が冬弥の目を見つめる。

「だから俺は、君がどうしても春夢楼《ここ》を離れたくないのなら、この妓楼を買い取ろうかと思っている」

「慎一さん――」

冬弥は目を見張った。

「吉原を離れないのが、君なりの贖罪《しょくざい》だと言うのなら、俺はもうなにも言わない。だけど俺は番頭新造だろうが遣手だろうが、もう君を客の前には出したくない。しかし、楼主になれば……いくらなんでも楼主に言い寄る客などいないだろう？」

そう言うと慎一は微笑んだ。

「でも……そんな……」

冬弥はうろたえた。妓楼を買い取るなど……まして春夢楼ほどの大きな見世を買い取るとなると、きっと莫大な金額になる。慎一が大きな紡績工場を経営しているからといって、そんなことをさせられるわけがない。

「そこまで……そこまで慎一さんに甘えるわけにはいきません」

冬弥の心配に、しかし慎一は微笑みながら首を振った。

「大丈夫だ。こんな妓楼の一つや二つ……いや、さすがに二つは無理かもしれないが、春夢楼《ここ》だけならじゅうぶん買ってやれる。それに…これは投資だと思えば安いものだ。春夢楼は吉原唯一の男遊郭で、しかも繁盛している。もし俺のふところを心配してくれるのなら、君は頑張って経営をうまくやってくれればいい。そう思えば、気兼ねがないだろ?」

「慎一さん……」

冬弥は思わず口元を押さえた。そうしなければ、込み上げてくる熱いものをこらえきれなかった。

「そして、冬弥……」

慎一は笑顔を消すと、真摯な瞳で冬弥を見つめた。

「俺も君と一緒に贖罪しよう。外の世界で自由になった君をこの手にすることは生涯あきらめよう。……その代わり、俺は君に会いたくなったら、春夢楼に来るよ。ここでしか君に会えない辛さを、俺は一生の自分への罰とする」

そう言うと、慎一はそっと冬弥を抱き寄せた。

「……離れていても、いつも心は君のそばにある……もうこれからは君は一人じゃない」

こらえきれず、冬弥は慎一の胸に顔を押しつけると嗚咽を漏らした。

嗚咽に震える冬弥の肩を、慎一の温かい手が包み込むように、やさしく抱きしめてくれた。

「親方、そろそろ時間です」

「はい、わかった」

若い衆の声に、立ち上がって内所を出ると、見世の上がり口にある縁起棚に向かう。

見世先に吊り下げられた提灯という提灯にはすべて灯が入り、見世は明るさと華やぎに包まれている。縁起棚の前には、もうすでに番頭、遣手、花魁、番頭新造、振袖新造、禿、若い衆といった見世の面々が顔を揃えている。

たくさんの目に迎えられながら、冬弥は縁起棚の前に立った。

一之丞を連れて清蔵が吉原を去ったあと、冬弥は春夢楼の楼主となっていた。

吉原唯一の男遊郭『春夢楼』の大看板と、総勢五十人を越える大所帯の将来が、今は冬弥の細い肩にかかっている。

(親方、けっこう大変な仕事やな)

冬弥は心の中で、清蔵に話しかけた。道楽でやっているなどとうそぶきながら、清蔵はこんなにすごい遊郭を一之丞と共に造り上げた。いや、一之丞とだったからこそ、造れたのかもしれない。今は冬弥は、清蔵がこの春夢楼を造ったのは、一之丞のためではなかったかと思っている。

(自分にもできるやろうか)

自分に問うた声に、冬弥は（できる）と自分で答えた。

清蔵に一之丞がいたように、自分にも一緒に歩んでくれる人がいる。たとえその人と自分の間が大門とお歯黒どぶで隔てられていようと、生涯心を添わせて歩いてくれる人がいる。

冬弥は縁起棚に向かって鈴を鳴らした。

それを合図に、若い衆が入り口に盛り塩をし、表入り口の柱や羽目板を手の平で打ち始める。揃えてあった下足札の紐が高く上げられ、下足札が数回廊下を打ったかと思うと、それは大きな音を立てて廊下に扇形にまかれた。縁起棚に向かって、みんな一斉に柏手を打つ。

下足札の引き打ちが始まると、景気のよい三味線の音色が流れ始めた。きらびやかな衣装をまとった娼妓たちが次々に張見世に向かう。その中には、しだれ桜の裲襠を着た若月もいる。

その後ろ姿を、今は髪を短くし、男物の藍《あい》の着物に角帯を締めた冬弥が見送る。

新しい春夢楼の、夜見世が今始まろうとしている。

あとがき

こんにちは、毬谷まりです。シャレード文庫からの私の二冊目の本になります『春夢楼に咲く華は』をお手に取っていただき、誠にありがとうございます。

今回のお話は、明治時代の吉原を舞台にした遊郭ものです。

とは言いましても、時代と場所を特定していながら、想像や創作（ｍｙ設定）の部分が多々有り、ツッコミどころも満載かと思います。そのあたりは、どうか広い心で読み流していただければありがたいです。

今回、担当様とのお話の流れで遊郭ものを書くことになりましたものの、最初は本当に自分に書けるのだろうかと不安を抱えてのスタートでした。

ですが実際に書き進めるうちに、物語の舞台となる『春夢楼』や、そこで働く面々が、自分の中で生き生きと存在し始めました。主人公の華王はもちろんですが、脇役である遣手の一之丞も新造の若月も、そして楼主の清蔵までも、みんな本当に愛おしく思えるようになり、彼らが幸せになることを願いながら、楽しくお話を書き綴っていくことができました。物語を書き終えました今でも、私の中では『春夢楼』が今夜も華やかに夜見世を開いているような気がしています。

こんなに深く思い入れることのできる作品を書くきっかけを与えてくださり、いろいろと丁寧にアドバイスくださった担当編集者様には、本当に感謝申し上げます。

それから、挿絵を担当してくださった御園えりい先生。このあとがきを書いています時点で、カバーイラストを見せていただいておりますが、しっとりとした和の雰囲気あふれる美麗なイラストには、感動のため息しか出ませんでした。素晴らしいイラストを描いていただき、本当にありがとうございました。心より御礼申し上げます。

そして、この本を選んでくださった読者の皆様、あとがきまで読んでいただきありがとうございました。またいつか皆様とお目にかかれる日がくることを願っております。

最後になりましたが、この本を書くにあたり次の書籍を参考にさせていただきましたので、この場をお借りして感謝申し上げたいと思います。

『今は幻 吉原ものがたり』（近藤富枝著・講談社文庫）、『お江戸吉原ものしり帖』（北村鮭彦著・新潮文庫）、『江戸吉原図聚』（三谷一馬著・中公文庫）。

『春夢楼』用語集

✦遊郭で働く人々✦

花魁…吉原遊郭の中で、位の高い娼妓の呼称。
その見世で一番売れている最上位の花魁を「お職」という。

禿…花魁の身の回りの雑用をしながら廓内の習慣や芸事を習っている14歳以下の少年。

喜助…妓楼の中の雑用をする若い衆の通称。
二階の部屋、寝具、器物などの一切を取り扱う役の者を「二階廻し」と言う。

妓夫…客の呼び込みなど表廻りを働く男。

番頭…帳場を預かり、金銭の出納、若い衆の監督をする人。

番頭新造…花魁の身の回りの世話をする人。
引退後の元娼妓がなる。

振袖新造…花魁付きの弟娼妓のこと。
15～16歳の少年。
娼妓の見習いで、まだ客は取らない。

遣手…客と娼妓の間を取りもったり、娼妓の教育・監督をする人。

楼主…妓楼の主人のこと。

✦遊郭言葉✦

裏を返す…客が初会で同席した娼妓を、二度目に来てまた指名すること。娼妓は話をするようになるが、まだ帯は解かない。
三度目の登楼から馴染みとなり、やっと床入りすることになる。

仕舞いをつける…娼妓を丸一日買い切ってひとり占めすること。

初会…客が初めてその娼妓と同席すること。
初会のときは、娼妓は客と話も飲食もせず、帯も解かないのが普通。

新造出し…禿が振袖新造になるお披露目の行事。
春夢楼では15歳で行う。

惣仕舞い…妓楼一軒を買い占めて遊興すること。

突出し…振袖新造が初めて客を取り娼妓として一本立ちするお披露目。
春夢楼では17歳で行う。

登楼…妓楼にあがって遊ぶこと。

引付座敷…客と娼妓がその日初めて会う座敷。
客と娼妓はここでかりそめの婚礼の式をあげる。

身揚がり…花魁が自分で自分の揚げ代を負担すること。

毬谷まり先生、御園えりい先生へのお便り、
本作品に関するご意見、ご感想などは
〒101-8405
東京都千代田区神田神保町1-5-10
二見書房　シャレード文庫
「春夢楼に咲く華は」係まで。

本作品は書き下ろしです

CHARADE BUNKO

春夢楼に咲く華は

【著者】毬谷《まりや》まり

【発行所】株式会社二見書房
東京都千代田区神田神保町1-5-10
電話　03(3219)2311[営業]
　　　03(3219)2316[編集]
振替　00170-4-2639
【印刷】株式会社堀内印刷所
【製本】ナショナル製本協同組合

ISBN978-4-576-08068-0

http://charade.futami.co.jp/